내가 좋아하는 동사들

내가 좋아하는 동사들

일상은 진지하게, 인생은 담대하게

윤슬

도서출판 담:다

시작하는 글

"선생님의 삶은
몇 개의 동사로 이뤄져 있어요?"

예상하지 못한 질문 하나에 흐름이 완전히 바뀌었다. 곱게 어루만져 조금 더 다듬은 답변을 들려주고 싶다는 바람이 결정적인 역할을 한 것 같다.

꾸준히 블로그에 글을 쓰고 있다. 이번 작품도 그동안 블로그에 올린 글을 다듬고, 새롭게 쓴 글을 추가해 완성했다. 계속 이어 오는 일이라 해도 매번 목표가 있고 방향이 다른 까닭에 항상 새롭고, 설레는 마음이다. 사실 처음 기획할 때의 제목과 부제는 지금과 달랐다. 제목은 '조건 없이(without conditions)', 부제는 '일상은 최선을 다해, 인생은 흐르는 대로'였다. 하지만 글을 다듬는 동안 조금 더 구체적인 표현이 있으면 좋겠다는 생각을 계속했던 모양이다.

외부에 글쓰기 강의를 나갔을 때의 일이다. 글쓰기와 관련하여 인생을 바라보는 태도, 자세에 관한 이야기를 나누고 있었다. 그날도 평소 자주 내뱉는 말이 대화 속에 자연스럽게 흘러나왔다. '삶은 명사적이지 않다. 동사적이다'. '삶은 동사적이다'라는 말에 저마다 생각에 빠진 모습이었다. 얼마나 흘렀을까. 그 모습을 뒤로하고 강의를 이어나가기 위해 앞쪽으로 자리를 옮기고 있었다. 그 순간이었다.

"선생님, 질문이 있는데요."

"질문, 좋지요."

"그럼… 선생님의 삶은 몇 개의 동사로 이뤄져 있어요?"

"네? 저요?"

"그러니까…"

"여러 개가 있을 것 같은데요… 일하다, 놀다, 생각하다, 먹다, 걷다… 그리고…."

순간적으로 떠오른 동사 몇 개를 언급하고는 아무 일 없었던 사람처럼 강의를 이어나갔는데, 그때부터 머릿속이 복잡해지기 시작했다. 가벼운 질문에 혼자 심각해지는 상황을 경험해 본 사람은 이해할 것 같은데, 그날의 내 모습이 딱 그랬다. '삶은 동사적이다'라는 말을 그렇게 자주 되뇌면서 한 번도 내 삶을 이루는 동사가 무엇인지 살펴보지 않았다는 사실이 놀라울 뿐이었다.

"내 삶을 이루는 동사는 어떤 것이 있을까?"

「내가 좋아하는 동사들」은 내 삶을 이루는 동사가 무엇인지에 대한 대답이면서, 이번 작품을 기획할 때의 의도와 조화를 이루었다. 실로 감사한 일이다. 모든 과정을 처음부터 끝까지 지켜본 부제가 배려심을 발휘했다. 조금 더 실체감이 느껴지는 단어를 찾아보라고, 결국 부제

도 모습을 바꾸었다. '일상은 진지하게, 인생은 담대하게'
라고.

일상과 인생을 어떻게 바라보고 있는지에 관한 나의 행
동을 살펴보고, 가장 유사한 형태의 동사를 찾았다. 동사
에 기댄 감정과 생각이 무엇이었는지 정의 내리는 일은
쉽지 않았지만, 그동안 내가 삶으로부터 제공받은 것에
대한 언급은 필요해 보였다. 생의 한가운데에 정확하게
도착하지는 않았지만, 이래저래 반올림해 절반쯤 도착했
으니 중간보고서를 작성하기에 이보다 적당한 때가 없어
보인다.

책을 마무리할 즈음, 나는 아주 중요한 사실을 알게 되
었다. 완벽한 동사는 없었다. 무엇보다 동사는 충돌을 일
으키기보다 끌어안기를 선호했다. 거기에 각별한 애정
을 드러내지는 않았지만, 맥락을 중요하게 다루었고, 주
어의 움직임을 끊임없이 관찰하고 있었다. 독립적이면서
관계를 귀하게 여기는 모습, 동사의 진짜 매력은 거기에

있었다.

단 하나의 동사로 설명되는 삶은 존재하지 않는다. 삶이 만들어 놓은 동사가 넘쳐나고 있다. 당신의 삶이 몇 개의 동사로 이뤄져 있는지 살펴보는 기회가 되기를 바라본다.

당신의 가슴을 뜨겁게 만드는, 걸음을 재촉하는, 때로는 가던 길을 멈추고 하늘을 바라보게 만드는 동사를 찾아 나서는 모습을 상상해본다. 보물찾기라도 하는 것처럼 나아가고 멈추기를 반복하면서, 당신의 삶을 하나하나 떼어보기도 하고, 새롭게 결합하는 시간이 되어도 좋을 것 같다. 앞으로의 시간을 함께할 동사를 발견하는 일에 쓰임이 생긴다면 그보다 기쁜 일은 없을 것 같다.

동사를 수집하다
기록 디자이너 윤슬

목차

시작하는 글

PART 1. 일상은 진지하게

PART 2. 인생은 담대하게

닫는 글

PART 1

일상은
진지하게

해 보다

나의 처음은 '혼자'였다. 혼자 읽고, 혼자 쓰고, 혼자 공모하고, 혼자 투고하고, 혼자 시도하고, 그리고 혼자 좌절했다. 좌절했다는 것을 입 밖으로 드러내지 않았기에 누구도 내가 좌절했는지 알지 못했다. 알아주는 사람이 단 한 사람도 없는 비생산적인 일을 참 오래 붙들고 살았다. '갑자기 흥분되는 일은 생겨나지 않는다'라는 배움 때문이었을까. 대기만성(大器晚成)이라는 말을 의지했던 걸까. 혼자가 함께가 되기 위해서는 시간이 필요하다는 말을 놓치지 않으려고 무던히 노력했다.

시간을 조금 더 자유롭게 활용할 수 있게 되면서 글을 쓰는 날, 수업하는 날, 출강하는 날, 출판사 업무나 대외 업무를 보는 날로 구분해 일주일을 보내고 있다. 자유로움에 대한 책임으로 최대한 집중력을 발휘하고, 주어진 순간에 최선을 다했으면 그것으로 충분하다는 방식으로 살아가고 있다. 제법 나만의 라이프 스타일을 구축한 셈이다. 하지만 그런 내게도 '굳이 이렇게까지 하지 않아도 될 것 같은 훌륭한 구실'을 만나는 날이 찾아온다. 그럴 때면 '무슨 부귀영화를 누리겠다고 이러고 있나?'라는 독백이 터져 나오면서 우왕좌왕하게 된다. 정말 그런 날에는 이제는 성격의 일부가 되었다고 믿는 나름의 체계가 흔들리면서 뿌리를 놓친 나뭇잎처럼 시간을 겉도는 느낌이다. 갑자기 떨어진 폭탄 때문에 정신을 차리지 못한다고 해야 하나. 아픈 만큼 성장한다는 말도 있지만, 혼란은 결코 유쾌한 일이 아니다.

그런 날에는 애써 처음을 떠올린다. 혼자 읽고, 혼자 쓰고, 혼자 시도하고, 혼자 좌절했던 순간을 기억해 내려고 노력한다. 무엇이든 해 보려고 했던, 조금만 방심하면 연기처럼 사라질 것 같아 먼 곳을 응시하며 집요하게 매달렸던 장면을 떠올린다. '함께'를 꿈꾸며 고군분투했던 흔적도 일부러 찾아본다. 물론 이런 접근이 모든 상황에서 힘을 발휘하는 것은 아니었다. 내 힘으로 되는 것도 있지만, 내 힘으로 넘어서지 못하는 것도 있었다. 그런데 마치 신이 존재하기라도 하는 것처럼 삶으로부터 도전장을 받았다고 여겨지는 그런 날, 예상하지 못한 소식이 날아오거나 누군가에게서 연락이 왔다.

"제 꿈을 향해 한 걸음 더 가까이 갈 수 있도록 도와주셔서 감사합니다."

"작가님 덕분에 용기 얻었습니다."

"이번 수업이 정말 저에게는 힐링입니다."

"최선을 다하는 모습 지켜보고 있습니다. 그 모습 바라보면서 저도 힘냅니다."

"작가님처럼 저도 천천히 가 보려고 합니다."

원하지 않았던 아픔이 찾아오는 것이 인생인 것처럼, 뜻밖의 선물을 받게 되는 것이 인생인 것 같다. 그런 순간을 마주할 때마다 '감사하다'라는 마음보다 '과하게 포장된 것은 아닐까?'라는 걱정스러움이 고개를 내밀기도 한다. 하지만 에너지가 되살아나고 기분 좋아지는 것이 사실이다. 모든 것이 소진된 상태였다가 생명력을 부여받은 것처럼 갑자기 상황이 다르게 보이고 마음이 순식간에 바뀐다. 언제 그랬냐는 듯 투정을 부리거나 어리광을 부리고 싶은 생각이 사라진다. 그러면서 마음속으로 되뇌게 된다.

'실로 이런 게 감사한 일이지.'

'혼자'로 시작했다. 지루하다면 지루한, 끝이 보이지 않았던 그 시간이 지금은 '함께'의 배경 화면이 되어 든든하게 나를 받쳐 주고 있다. 그런 까닭에 혼자 뭐라도 해 보려는 사람을 누구보다 응원한다. 그런 사람과 함께하는 일에 망설임은 없다. 단편적인 조각에 휘둘리지 않겠다는, 나의 생(生)을 소중하게 다루고 싶다는 절실함을 누구보다 잘 알기에 아낌없는 응원을 보낸다. 그들 역시 자

신만의 나무를 키울 것이고, 숲을 만들어 낼 것이며, 그
늘을 넓혀 나갈 것이다. 그들의 시간이 어디에선가 '함께'
의 배경 화면이 될 거라고 상상하면 벌써부터 기분이 좋
아진다.

"하지 않을 때는 몰랐던 것이 나를 키운다"라는 말이
있다. 뭐라도 해 보려고 했던 시간은 일상을 넘어 인생을
바라보는 시각을 한껏 넓혀 주었다. 그래서 오늘도 나는
뭐라도 한다. 뭐라도 하면서 나의 서사성을 키우기 위해
노력 중이다.

읽다

나에게는 특별한 재주가 하나 있다. 침묵하게 만든다고 해야 할까. 고민하게 만드는 버릇이라고 해야 할까. 공개적인 공간에 비공개적인 경계를 만들어 내는 재주가 있다. 과연 이런 것을 능력이라고 표현하는 것이 적당한지는 잘 모르겠다. 예상하지 못한 순간을 좋아하는 사람은 많지 않으니까. 내게 의견을 묻는 사람이 늘어났다. 그때마다 나는 대답에 앞서 그렇게 조바심을 내는 이유가 무엇인지, 왜 그것을 고집하는지 되묻는 경우가 많았다. 너무 자연스러운 질문이라고 생각했는데, 상대방은 당혹감을 감추지 못할뿐더러 이렇게 말하고 싶은 것을 억지로 참는 표정이었다.

"그게 중요한가요?"

몇 번 그런 일을 경험하면서 당황스러워하는 것은 오히려 나았다. 갑자기 분위기가 무거워지며 순식간에 공기가 바뀐 느낌이었다. 그럴 때면 여러 생각이 한꺼번에 몰려들었는데, 여러 번의 경험을 통해 나는 아주 중요한 결론에 도달했다. 의견을 구하는 사람들은 이미 자신만의 의견을 가지고 있으며, 자신의 의견에 동의를 원하거나 혹은 다른 관점, 방향에서의 의견을 듣고 싶은 것 둘 중 하나였다. 그렇게 정리하고 나니 마음이 홀가분해졌다.

동의하는 내용에 대해서는 지금처럼 이야기 속에 몸을 맡기면 되었고, 다르게 생각되는 부분이 있다면 나의 의견을 전달하면 되는 것이었다. 즉 경계가 만들어지는 것은 두려운 일이 아니라, 의견을 주고받는 과정에서 생겨나는 자연스러운 현상이라고 받아들이게 된 것이다. 그러면서 나는 조금 더 용감해졌다. 재주가 아닌 것을 재주라고 말할 수 있을 정도로.

'평생 배워야 한다'라는 말을 자주 한다. 배움은 새로운 것을 알게 된다는 의미도 있지만, 이미 알고 있다고 여기는 것을 확인하는 과정도 포함된다. 나는 새롭게 배우는 것과 잘 안다고 여기는 것을 확인하는 과정에 '읽기'를 활용한다. 삶에서 증명된 것과 그렇지 않은 것을 점검하는 데 읽기만 한 것이 없어 보인다. 시간을 가르고, 공간을 나누는 힘, 의견을 가지는 것과 의견을 구분하는 일까지 나의 모든 것은 읽기에서 출발한다고 해도 과언이 아니다.

읽기는 세심한 작업이다. 단순히 읽기 능력을 키우는 것이 목적이 아니라면, 흐름과 맥락을 이해하고 유의미한 정보를 추출하기 위해 공을 들여야 한다. 또한 앎의 즐거움이 삶의 확장으로 이어질 수 있도록 낯선 세계를 마주하는 것을 두려워하지 않아야 한다. 낯선 것은 곧 다름이며, 다름은 곧 새로움이다.

앎과 삶을 연결할 고리를 찾기 위한 읽기는 오늘도 현재 진행형이다. 미리 언급하지만 읽기를 '책'으로만 한정해서 생각하지 않았으면 좋겠다. '책을 읽는다, 사람을 읽는다, 관계를 읽는다, 업무를 읽는다. 세상을 읽는다'처럼 읽기는 무엇과 어울려도 어색하지 않다. 읽는 행위를 포괄적으로 받아들였으면 좋겠다. 물론 이렇게 말하는 순간에도 '책을 읽는다'라는 쪽으로 마음이 기울여지는 것은 사실이다.

이쯤에서 책 읽기의 매력을 얘기해야 할 것 같다. 아니, 읽기를 통해서 얻은 것을 설명한다는 표현이 맞을 것이다. 여러 혜택이 있지만 나는 '읽는 인간'이라는 길에서 무엇(what)과 어떻게(how)를 구분할 수 있게 되었다. 먼저 다루어야 하는 것이 무엇인지도 배우게 되었다. 반복적으로 마주하게 된 왜(why)는 나를 설득하는 무기인 동시에 포기하게 만드는데 결정적인 역할을 했다. 서둘러 해결 방법을 찾기 전에 문제를 규명하는 것의 중요성을 인식하게 된 것이다. 이는 결국 가만히 있는 사람이 되거나 움직이는 사람이 되는 일에 힘을 보태주었는데, 덕분에 추상적이고 관념적인 것을 넘어 실재적이며 주체적인 모습을 추구하는 사람이 될 수 있었다.

동전의 양면처럼 내 삶에도 밝은 면과 어두운 면이 공존한다. 지킬 박사가 앞문을 열고 들어와 인사하는 동안에도 뒷문으로 슬며시 꼬리를 감추는 하이드가 내 안에 존재한다. 성급한 옷차림에 마땅히 갈 곳도 없으면서 우선 도망가고 보자는 하이드가 툭하면 고개를 내민다. 그래서 더욱 경계하는 건지도 모르겠다. 조금만 방심하면 하이드가 앞문을 벌컥 열고 나와 이미 모든 것을 알고 있다며, 더 알아야 할 것은 없다며 큰소리칠 거라는 것을 알기 때문에.

하이드가 없었으면 좋겠다는 생각을 한 적이 있다. 처음부터 존재하지 않았다면 훨씬 수월하지 않았을까. 하지만 요즘은 그 부분에 대해서도 다른 시각을 갖게 되었다. 하이드가 없었다면 지킬의 존재를 알 수 있었을까. 하이드를 경계하며 그 안에서 변화를 시도하려고 노력했을까. 피하는 것과 극복한다는 것의 차이를 이해할 수 있었을까.

특별한 일이 없는 한 나는 책 읽기로 시간을 보낸다. 아는 것이 하나도 없는 사람처럼, 아무것도 모르는 사람처럼 읽기에 열중한다. 그러고는 언제 그런 일이 있기냐 했냐는 듯 익숙한 세계로 되돌아오는 방식을 반복하고 있다. 짧다면 짧고, 길다면 긴 여행을 수시로 떠나는 셈이다.

여행이라는 것이 그렇듯 소소한 일상이 그리워지기 마련인데, 내가 그렇다. 여행에서 돌아올 때쯤이면 그리움이 솟아나면서 오늘 내가 해내야 할 일이 있다는 사실에 마음이 설렌다. 상황이 이렇게 흘러가는데 어떻게 읽기를 거부할 수 있을까.

누구나 마음속에
정성스럽게 챙겨 놓은
보물이 있다

나는 늘 걱정이다
그 보물이
세상과 만나지도 못하고
사라지게 되는 건 아닐까 하고

쓰다

  '글쓰기'는 나에게 학습의 공간이라 할 수 있다. 나를 알게 되는 공간이자, 화해의 공간이며, 흐릿하고 복잡한 것이 일련의 구조를 이루도록 도와주는 실험의 장(場)이다. 눈에 보이지 않아도, 그림으로 그려지지 않아도 괜찮다. 머릿속에 정리되지 않아도 상관없다. '쓴다'라는 행위만 존재하면 된다. 글을 써 내려가는 동안 내 인생의 주인이 나라는 사실을 상기하게 되고, 예상치 못한 순간에도 마치 예상했던 것처럼 행동할 수 있게끔 따스한 조언을 마주하게 된다. 도대체 왜 이런 생각을 하게 되었는지, 왜 그런 선택을 하게 되었는지 종이 위에 펼쳐 놓기만 해도 저절로 정리되는 기분이다.

그뿐만이 아니다. '글쓰기'는 나에게 공감과 위로의 공간이기도 하다. 누구나 절대적인 위로나 공감이 필요할 때가 있다. 잘잘못을 떠나 순도 100%의 지원이 그리울 때가 있다. 가족, 종교, 친구 등 여러 지원군이 있지만, 내가 원할 때 언제든 달려오는 것은 현실적으로 불가능하다.

그런데 글쓰기가 그 역할을 자처하고 나섰다. 언제든 달려왔고, 어떤 방식의 결론에도 끝까지 내 편으로 남아 주었다. 화난 말투를 거침없이 쏟아부어도, 애매한 말투로 끝맺음을 맺지 못해도, 잘난 척의 끝판왕이 되어 범무서운 줄 모르는 하룻강아지가 되어도, 이러지도 저러지도 못하고 끝내 눈물 자국을 남기는 모습에도 변함없이 내 곁을 지켜 주었다. 비난하거나 답답해하지도, 화를 내지도 않았다. 변덕스러움이 하늘을 찔러도 그 모든 순간을 통합의 과정으로 지켜봐 주었다.

오늘도 나는 글을 쓴다. 특별히 바라는 것도 없으면서,

간절한 바람이 있는 사람처럼 매일 글을 쓴다. 뭔가를 증명하기 위해 애쓰는 것도 아니다. 비교나 평가에서 완전히 자유롭지는 않지만, 그것이 발목을 잡고 나를 힘들게 하지도 않는다. 분량과 상관없이 어느 정도 글이 완성될 즈음이면, 나 혼자 뚝 떨어져 혼돈의 시대를 살아가는 것이 아니라 우주의 질서 속에 공존하고 있다는 사실에 평온함이 찾아온다. 사실 그 순간을 위해 매일 글을 쓰고 있다고 해도 과언이 아니다.

나를 이해할 수 있을 때 비로소 타인도 이해할 수 있고 세상도 이해할 수 있다. 나를 이해하기 위해 시작한 글쓰기가 지금은 세상을 이해하는 도구가 되었음을 인정해야 할 것 같다. 어느 한순간에만 글쓰기가 유효한 게 아니다. 글쓰기는 인생 전체에 필요하다. 삶이 계속되는 한 글쓰기는 자신의 임무와 역할을 충실히 수행하며 나를 도울 거라고 확신한다. 그 마음으로 오래전부터 글쓰기 수업을 진행하고 있다. 내가 느꼈던 학습의 공간, 공감과 위로의 공간, 평온함을 느낄 수 있는 공간으로 사람들을 초대하고 있다. 글쓰기의 유익함이 내게 적용되었다면 그들에게도 적용될 거라고 믿으면서. 세상이 나에게만 호의적일 이유도 없고, 그들에게만 부정적일 까닭도 없으니까.

　나는 글쓰기를 거창하게 시작하지 않았다. 뭔가 이대로는 안 되겠다는 생각이 가득한데 마땅히 할 수 있는 게 없었다. 정체를 알 수 없는 것이 계속 나에게 돌멩이를 던지는데, 뭐라도 해 봐야겠다는 생각으로 종이 위에 끄적거린 것이 출발이다. 모스 부호처럼 접수된 것을 글로 옮기는 일은 쉽지 않았다. 그런데도 표현할 수 있는 무언가를 가졌다는 사실이 좋았다. 갑자기 좋아지거나 변하는 것은 없었지만 그 순간만큼은 어느 때보다 평화로웠다. 하지만 글은 수시로 엉켰다. 글이 엉킨 것인지 마음이 엉킨 것인지 잘 모르겠지만, 보이지 않는 방해꾼이 숨어 있다가 장난치듯 나를 넘어뜨렸다. 그럴 때마다 생각했다.

　'이게 아닌가?'
　'다른 것을 알아봐야 하는 게 아닐까?'

'더 나은 게 따로 있지 않을까?'

그렇다고 새롭게 떠오르는 것도 없었다. 방법이 없었다. 일단 하던 것을 계속하면서 더 나은 것이 나타나기를 기다리는 수밖에. 아무것도 하지 않는 것보다 이거라도 하면서 천천히 찾아보자고 달랠 수밖에 없었다.

다행히 시간은 정직했고 나의 정성에 존경심을 표했다. 엉킨 것들이 하나둘 제풀에 지쳐 떨어져 나갔고, 불쑥 찾아와 나를 불편하게 했던 것도 모습을 감추기 시작했다. 종이는 계속 쌓였고, 감정과 생각은 깊이를 추구하게 되었으며, 세상의 신호가 조금씩 눈에 들어오기 시작했다. 모든 불안이 사라진 것은 아니지만 새로운 풍경을 맞이하게 되었다는 것만으로도 내게는 감동이었다.

글을 쓰는 동안 나는 자발적 격리 상태에 들어간다. '마음대로'와 '마음껏'이 공존하는 시간 속으로 빠져든다. 글을 쓰는 동안 신체 구조 일부가 바뀌고, 뇌가 중력을 벗어나 우주를 유영하는 느낌이다. 타고난 체질이 바뀌는 것은 아니겠지만, 신기하게도 몸 안으로 좋은 것이 흘러 들어오는 기분이다. 그런 까닭에 글을 쓰는 것이 갈수록 어려운 일이 되고 있음에도 실례가 될만한 글을 계속 쏟아내고 있다. 자연스럽게 흘러나온다기보다 뭔가 비틀어 쥐어짜는 느낌이 들 때도 있지만, 애써 자리를 만들고 시간 여행을 시도한다.

굵직한 부담감만 아니라면 나는 글을 쓰는 시간이 제일 좋다. 글쓰기가 내게 베풀어 준 호의가 고마울 뿐이다. 글쓰기는 내게 기쁨이다. 초대하지 않아도 언제든 반갑게 달려갈 수 있고, 책임과 의무 이전에 주권과 의지를 떠올리게 하는 힘의 원천이다. 글을 쓰는 동안 나는 누구도 부럽지 않은, 어떤 것도 두려워하지 않는 자유인이 된다.

일하다

"무슨 일을 하고 있나요?"

"○○전화 번호부에 다니고 있습니다."
"○○산업에 다니고 있습니다."
"○○회사에서 일하고 있습니다."
"재택근무 중입니다."
"실업급여 받고 있습니다."

해가 뜨고 지는 모습을 48년 동안 지켜보면서, 질문에 대한 대답이 여러 번 옷을 갈아입었다. 학생이라는 신분일 때는 변화를 경험할 기회가 많지 않았지만, 일을 시작하면서 사회인이 되었고 그때부터 이름과 색깔, 모습이 수시로 달라졌다. 앵무새처럼 반복했던 말을 하나씩 옮겨보니 그동안 기억에서 사라졌다고 여겼던 풍경이 하나둘 되살아난다.

"무슨 일을 하고 있나요?"

몇 년 전부터 조금 다르게 대답하고 있다. 약간의 리듬감을 유지한 채 상대방에게 잘 들리기 위해서가 아니라 내가 잘 듣기를 바라는 마음으로 이렇게 대답한다.

"글 쓰는 일을 하고 있고, 틈틈이 책을 읽고 책 만드는 일을 하고 있습니다. 글 쓰는 게 좋아 계속하다 보니 관련해서 이것저것 하고 있습니다."

적당히 기분 좋은 날에는 몇 줄 후렴구를 덧붙인다.

"꾸준하게 글을 쓰다 보니 책을 몇 권 냈습니다. 요즘은 다른 사람이 책 내는 것을 돕고 있습니다."

예전과 달라진 것이 있다면, 우선 직장이나 직업이라는 틀을 가지고 얘기하지 않게 되었다. 특별히 소개를 부탁

받은 경우가 아니라면 출판사를 운영한다는 것, 작은 책방에서 출간한 책과 여러 책을 판매한다는 것, 글쓰기 센터를 운영하며 글쓰기와 책 쓰기 수업을 한다는 것을 애써 나열하지 않는다. 대화 도중에 자연스럽게 흘러나올 뿐이다. 그러니까 일에 대한 사전적 정의에 근거해 일정한 시간 동안 내가 머리나 몸을 움직이는 활동 그 자체를 얘기하게 되었다.

나는 하루 중에서 가장 많은 시간을 투자하고 잘 해내기 위해 노력하는 것을 '일'이라고 생각한다. 그러니까 전업주부라면 아이를 돌보거나 살림하는 것이 일이 될 것이고, 워킹맘이라면 직장에서 보내는 시간이 많으니 직장에서의 업무가 일이라고 할 수 있겠다. 연장선에서 본다면 학생은 학교에서 보내는 시간이 많으니 공부가 일이 되겠다. 일은 시간을 들여서 애쓰는 활동을 설명하는 말이지, 단체나 조직의 이름을 대신하지 않는다. 그래서 단순하게 정리하면 나의 일은 '읽고 쓰기'이며, 중심 업무는 '블로그 글쓰기'라고 할 수 있겠다. 하루도 빠뜨리지 않고 거의 일정한 분량의 글을 블로그에 쓰고 있으니.

「타이탄의 도구들」의 저자 팀 패리스는 자신의 분야에서 최정상에 오른 사람을 거인이라는 뜻으로 타이탄이라 불렀다. 그는 타이탄에게서 발견한 공통점을 공유하며 누구나 나비가 될 수 있으니, 디테일한 요소를 자신의 삶에 배치해 인생의 승리자가 되라고 당부한다. 그의 책을 읽는 시간은 즐거움을 선사했다. 특히 세계 최고들이 매일 실천하는 것을 소개하는 글에서 내가 실천하는 것을 발견했을 때, 마음속으로 만세를 불렀다. 그들만큼 최고는 아니지만, 비슷한 길에 서 있다는 생각만으로도 힘이 났다.

"패자에겐 목표가, 승자에겐 체계가 있다."

처음 발견한 날부터 지금까지 머릿속에서 떠나지 않는 문장이다. 목표가 아닌 체계를 추구하는 삶이 시작된 역사적인 순간이라 할 수 있겠다.

책에는 연재만화 〈딜버트〉의 작가 스콧 애덤스의 일화가 나오는데, 그가 블로그를 시작할 때의 에피소드이다. 스콧 애덤스가 처음 블로그에 글을 쓰기 시작했을 때 주변에서 물었다고 한다. 블로그를 하는 목표가 뭐냐고. 그의 대답은 이러했다.

"나는 목표 때문이 아니라 체계 때문이라고 말했지만 모두 그냥 웃기만 했다. 별 신통치 않아 보였기 때문이다. 당연하다. 신통치 않으니까 지독하게 연습해 체계를 세우려고 블로그를 시작한 것이다."

스콧 애덤스는 작가가 되겠다는 사람에게 말한다. 지금 당장 해야 할 일은 단기적인 목표, 예를 들어 출판사 투고나 신문사 연재 지면을 얻는 것을 목표로 글을 쓰는 것이 아니라 블로그에서 글쓰기를 연습하는 것이라고. 가능성이 낮은 지점에서 높은 지점으로 이동할 수 있도록 목표가 아니라 체계를 갖추라고. 그것이 가장 탁월한 방법이라고 거듭 강조한다.

"블로그란 일종의 R&D 공간이었다."

결정적인 문장이었다. 지금의 나를 설명하는, 그리고 앞으로의 나를 설명할 문장이기도 했다. 2004년 블로그를 시작할 때 목표 같은 것은 없었다. '글을 쓸 수 있는 공간'이 있다는 사실이 마냥 좋았다. 그러다 보니 일상에 위기가 찾아왔을 때 삶에서 떨어져 나가는 것은 순식간이었다. 목표도 없는 데다가, 체계적이지도 않았던 것이다. 하지만 글을 쓰는 사람이 되고 싶다는 방향성을 가진 이후부터는 달라졌다. 그때부터는 매일 블로그에 글을 쓰는 시스템을 갖추기 위해 노력했고 지금까지 이어오고 있다. 덕분에 R&D의 공간을 넘어 세상과 소통하는 플랫폼이 될 수 있었다고 생각한다.

요즘도 블로그에 글쓰기 연습이 한창이다. 다음 작품을 위해 초고를 쓰는 공간, 마음을 위로하는 공간, 생각을 살펴보는 공간, 기획하고 준비한 아이디어를 공유하는 공간으로 활용하고 있다. 탐색한 것을 쓰거나, 관찰한 것을 기록하거나, 새롭게 시도해 보고 싶은 것을 꾸준하게 정리해 나가고 있다.

'오늘 블로그 글쓰기 해야지?'라고 질문하는 일은 사라졌다. 아주 특별한 날을 제외하고는 몸이 저절로 책상을 향한다. 조금씩 체계가 생겨나는 모양이다.

매일 블로그에
글을 쓰는 시스템을 갖추기 위해
노력했고 지금까지 이어오고 있다

그 덕분에 R&D의 공간을 넘어
세상과 소통하는 플랫폼이 될 수
있었다고 생각한다

운동하다

　호불호가 나뉘는 것이 있는가 하면, 그와 달리 절대적인 신뢰를 받는 것이 있다. 예를 들어 독서 습관이나 운동이 좋다는 데는 대다수가 동의한다. 다만 이러한 것을 수행하는 일이 쉬운 사람이 있는가 하면 특별한 노력이 필요한 사람이 있는 것 같다. 그리고 보면 세상은 공평하다. 누구에게든 조금 더 강한 부분이 있고, 조금 더 약한 부분이 있으니. 모든 것이 쉬운 사람은 없어 보인다.

　다행스럽게도 나는 운동에 호의적인 사람이다. 가벼운 걷기부터 수영, 요가, 에어로빅, 헬스까지 제법 열심이었다. 지금은 하지 않는 운동도 있지만, 어찌 되었건 전반적으로 어색하지 않다. 기억을 더듬어 보면 누군가와 함게 운동하러 가기도 했지만, 혼자인 날이 더 많았다. 처음에는 어떻게든 시간을 맞춰 함께 운동하려고 했는데, 일정 맞추는 것이 생각만큼 쉽지 않았다. 결국 혼자 길을 나서게 되었고, 다행히 몸을 움직이는 것을 즐기는 성격이라 조금 더 유지할 수 있었다.

울산 동구 현대자동차 앞에 문화회관이 있었다. 1층에는 현대자동차의 역사 안내판과 초기 모델('포니'로 기억한다)이 전시되어 있었고, 지하였는지 지상이었는지 잘 기억나지 않지만 수영장이 있었다. 시설이 깔끔하고 가격도 비싸지 않아 부담이 적었다. 이십 대 초반까지 친구와 함께 또는 혼자 버스를 타고 수시로 드나들었다. 몸이 물에 뜨는 기분이 좋았고, 천천히 물살을 가르며 앞으로 나아가는 느낌도 좋았다. 어느 정도 시간이 흐른 후 등 쪽으로 흘러내리는 땀도 싫지 않았다. 자유형밖에 할 줄 몰라 그것만 열심히 했다. 한두 시간 물에서 놀고 나면 온몸이 녹초가 되었다. 그러다 보니 가끔 내려야 할 정류장을 지나치는 바람에 걸어서 되돌아온 적이 한

두 번이 아니었다.

아무래도 가까운 거리가 아니다 보니 꾸준히 다니는 데 한계가 있었다. 일이 생겨 늦어지는 날이나 날씨가 변덕을 부리는 날이면 '굳이'를 떠올렸고, 그런 날에는 쉬어도 될 것 같았다. 그래도 '이거라도 해야지'라는 마음으로 다니고 있었는데, 우연한 기회에 종목을 바꾸게 되었다. 동네 헬스장에서 헬스 프로그램과 에어로빅 회원을 모집한다는 광고를 본 것이다. 집에서 가까운 거리였고, 경험이 없지만 '배우면 되겠지'라는 생각에 일단 등록부터 했다. 에어로빅은 정신없이 바쁘게 몸을 움직이는 것이 좋았고, 헬스는 모든 신경을 근육 하나하나에 집중하게 만드는 것이 좋았다. 들숨과 날숨이 완벽하게 분리된다고 해야 할까. 살도 조금 더 빠지는 것 같았고, 몸도 예전보다 더 건강해지는 느낌이었다.

시간 가는 줄 모르고 열심히 운동하러 다니던 중이었는데, 어쩔 수 없이 헬스와 에어로빅을 그만두어야 하는 일이 생겼다. 주말에 산에 올랐다가 내려오는 길에 발목을 삐끗한 탓에 걸음을 내디딜 때마다 온몸이 저릿저릿했다. 이대로는 안 될 것 같아 절뚝거리며 정형외과를 찾았다. 참하게 생긴 의사 선생님의 입에서 전혀 참하지 않은 말이 나왔다.

"당분간 격렬한 운동은 삼가세요."

"격렬한 운동이라면?"

"뛰는 것, 달리는 것, 몸을 움직이는 것…. 그런 것들이죠."

"당분간이라면 어느 정도?"

"3개월…. 금방 좋아지지 않을 수도 있어요. 더 오래 걸릴 수도 있고요."

금방 좋아지지 않으면 어떻게 하지, 걱정하며 3개월을 보냈다. 숨쉬기 운동과 출퇴근 걷기, 가끔 친구와의 시내 나들이 외에는 어떤 운동도 하지 않았다. 아무것도 하지 않고 3개월을 보낸 후 다시 에어로빅을 시작했다. 아뿔싸, 집으로 돌아오는데 발뒤꿈치를 뭔가가 계속 잡아당기는 느낌이었다. 불길했다. 아무래도 무리인 것 같았다. 잠시 쉬었다가 해야지 생각했는데, 다시 시작하는 건 쉽지 않았다.

그 후로는 따로 운동을 정해 놓고 하지는 않았다. 그러다가 이십 대 후반에 요가를 알게 되었다. 격렬하게 움직이는 것도 아닌데 희한하게 온몸을 건드리는 기분이었다. 근육이 하나하나 자리에서 일어나 내게 알은체를 해 왔다. 하지만 오래 운동할 수 있는 상황이 아니었다. 결혼하고 남편을 따라 대구로 옮겨 와야 했고, 운동보다는 낯선 환경에 적응하는 것이 먼저였다. 요가라는 운동을 끝으로 인생 초반을 제법 건강하게 보냈다. '다이어트'라는 위대한 목적에도 불구하고 신기하게 늘 적당히 통통한 모습이었지만.

서른에 결혼을 했다. 결혼하고 육아를 이어 오는 동안 '체력짱'이라는 소리를 자주 들었다. 주변 평가도 그랬지만 스스로 생각해 봐도 그랬던 것 같았다. 아이를 키우는

것은 둘째고, 밤늦게까지 뭔가를 하거나 새벽형 인간이
되는 것에 어려움이 없었다. 비록 쪽잠이라 해도 다섯 시
간 정도만 자면 회복되었다. 하지만 두 아이를 키우는 동
안 비축해 둔 체력이 서서히 고갈되어 갔다. 적당한 스트
레스가 도움이 된다는 얘기도 있지만 '적당함'은 너무 추
상적인 단어였다. 적당한지, 적당하지 않은지 당시에는
알 수 없는 경우가 훨씬 많다.

내가 그랬다. 견딜 수 있는 만큼이라고 생각했는데 몸
은 그렇지 못했던 모양이다. 봄이었는지, 여름으로 넘
어가는 길목이었는지 몸에 이상 반응이 나타났고 병원
을 찾았다. 갑상샘 저하증, 갑상샘염, 급기야 크기가 작
은 갑상샘 유두암을 만나게 되었다. 이런 황당한 일이 어
디 있을까. 원인을 찾고 싶었지만 딱 하나를 꼬집기 어려
웠다. 인과관계를 밝히는 것은 어려웠지만 치료 차원에
서의 조언은 넘쳐 났다. 하지만 단순하게 표현하면 딱 네
가지였는데 규칙적인 식사, 숙면, 운동, 스트레스 관리였
다. 워낙 오래전부터 들어온 것이라 새삼스럽게 감탄사

가 나오지는 않았지만, 중요한 것은 바뀌지 않는다는 생각을 다시 한번 확인하는 순간이었다.

　이대로는 안 될 것 같았다. 다이어트가 아닌 건강 그 자체에 대한 인식이 생겨났다. 아이들을 어린이집과 유치원에 보내 놓고 요가를 시작했다. 시간이 넉넉한 편이 아니라 일주일에 두 번 가는 프로그램에 가입했다. 하지만 아이들의 컨디션은 내 맘 같지 않았고, 나의 컨디션을 다루는 것도 쉬운 일이 아니었다. 무엇보다 뭔가를 꾸준히 하는 것은 무리가 있어 보였다. 그러면서 아이들과 함께 다시 수영장을 찾았다.

　다행히 두 아이 모두 물을 좋아했다. 놀이 삼아 운동 삼아 수영장을 다녔고, 그것도 허락되지 않은 날에는 아파트 공원을 걸었다. 아이들이 남편과 공놀이를 하는 동안 나는 자유인이 된 것처럼 혼자 공원을 뱅글뱅글 돌며 걸었다. 그러던 어느 날 현관문 앞에 '필라테스 1회 7,000원'이라고 적힌 홍보물을 발견했다.

필라테스가 어떤 건지는 모르지만, 좋은 운동이라는 얘기를 자주 들었던 터였다. 가격이 비싸다는 얘기에 엄두를 내지 못하고 있었는데 7,000원이라니. '횡재했구나' 싶었다. 설명을 듣고 100회를 신청했다. 솔직히 말하면 100회를 신청해야 7,000원이 적용되는 시스템이었다. 시간도 자유롭게 선택하면 되고, 일주일에 몇 번 참가해야 한다는 의무 사항 같은 것도 없었다. 내가 운동할 수 있을 때 예약하면 되는 방식이었다. 큰 욕심은 내지 않았다. 일주일에 두 번 가는 것을 목표로 삼았고, 100회를 끝내고 계속할지 다른 운동을 할 것인지는 그때 생각하기로 했다.

이십 대부터 삼십 대, 사십 대까지 나는 운동과 가깝게 지낸 편이다. 주변에서 '왜 그렇게 체력이 좋아?'라는 질문을 받을 때마다 마땅히 할 말이 없었던 나는 꾸준히 운동해서 그런 것 같다고 얘기한다. 정확한 근거는 없지만, 그 말은 진심이다. 나는 '운동하러 가야 하는데 어떻게 하지?'가 아니다. 밥을 먹는 것처럼, 물을 마시는 것처럼 다이어리에 '운동'이라고 기록해 놓은 시간이 되면 노트북을 덮고 핸드폰을 챙겨 일단 자리에서 일어난다. 이유는 단순하다. 나는 오십, 육십, 인생 후반에도 어느 정도 체력을 유지하며 원하는 일을 하고, 원하는 곳에 가고 싶기 때문이다.

물론 모든 날이 완벽하지는 않다. 하기 싫은 날도 있고, 하지 않아도 될 것 같은 이유가 생겨나는 날도 찾아온다. 그런 날에는 서둘러 기억의 골짜기에 대(大) 자로 뻗어있는 세 글자를 챙겨 온다.

"그냥 해!"
"그냥 해!"

반복하다

　일어나자마자 반복적으로 하는 행동이 있다. 처음에는 의식적으로 몸을 움직였는데, 이제는 제법 습관이 되었는지 자연스럽다. 아침에 일어나면 가장 먼저 침대를 정리한다. 남편이 잠을 자고 있을 때는 그대로 두고 나오지만, 남편이 자리에서 일어나고 없으면 베개를 단정하게 올려놓은 다음, 이불 모서리를 여기저기 매만져 가지런하게 펼쳐 놓는다. 지난밤 특별한 일 없이 잘 지나갔다는 것과 새로운 아침을 건강하게 맞이했다는 사실에 대한 감사함의 의식인데, 하루를 시작하는 첫 번째 신호다.

　침대 정리가 끝나면 천천히 밖으로 나와 아이들 방을 둘러본다. 이불을 걷어차지는 않았는지, 혹시 몸에 열은 없는지 살핀 다음 거실 중간쯤에 자리를 잡는다. 그러고는 5분에서 10분 정도 가벼운 스트레칭을 한다. 우선 목을 천천히 돌린다. 오른쪽으로 서너 번, 왼쪽으로 서너 번, 앞으로 잠시 고개를 숙였다가 뒤로 머리를 젖힌다. 그런 다음 가볍게 어깨 돌리기를 한다. 오른쪽, 왼쪽. 한쪽 팔을 쭉 뻗은 다음 다른 팔로 천천히 몸쪽으로 당기면서 근육을 느슨하게 풀어 준다. 두 팔의 긴장감이 적당히 사라지고 나면 다리를 모은 다음 상체를 천천히 숙여 가볍게 허리를 스트레칭한다. 그러고는 자리에 누워 두 팔과 두 다리를 쭉 뻗어 기지개를 켠다.

이제 굳어 있는 다리를 느슨한 상태로 이완하는 일만 남았다. 몸을 천천히 좌우로 가볍게 움직이다가 오른쪽 다리를 가슴 쪽으로, 그다음에는 왼쪽 다리를 가슴 쪽으로 접어 올렸다가 펴기를 몇 차례 반복한다. 마무리는 오른쪽 다리를 90도 정도 들어 올린 다음 천천히 왼쪽으로 보내고 고개를 오른쪽으로 돌리는 자세인데, 개인적으로 제일 좋아하는 자세다. 정말 온몸의 근육이 쭉쭉 늘어나는 느낌이다. 왼쪽 다리까지 운동을 마치고 나면 엎드린 자세에서 코브라처럼 천천히 상체를 일으켜 세운다. 몇 초 흘렀을까. 삼시 시간을 보낸 후 아기 자세로 나만의 아침 운동을 끝낸다. 글로 적다 보니 너무 거창하게 흘러간 것 같다. 설명이 길어서 그렇지 짧게는 5분, 길어도 10분이면 모두 끝이 난다.

요즘은 거기에 새로운 습관을 하나 더 붙이려고 노력 중이다. 10분 정도 명상을 하려고 하는데 쉽지 않다. 잊어버릴 때가 많고 집중이 되지 않아 1분, 3분 만에 일어서는 날이 수두룩하다. 처음에는 이런 짧은 시간조차 집중하지 못하는 모습이 답답하게 느껴졌다. 하지만 이내 마음을 고쳐먹었다. 그러고는 다른 사람들에게 들려주었던 말, 도움을 요청하는 사람에게 해 주었던 말을 나에게 들려준다.

"안 했던 거잖아. 처음부터 잘 되면 모두 명상가 되라고? 그럴 수 있어. 포기하지 말고 내일 또 시도해 보자."

약간의 실랑이와 함께 스트레칭을 끝마치면 신지로이드 한 알을 입안에 밀어 넣는다. 신지로이드를 먹은 지 15년. 매일 아침 어떻게 약을 챙겨 먹을 수 있을까 고민하다가 초기에는 엉뚱한 계획을 세우기도 했다. 약을 먹지 않을 방법을 궁리하다가 상태가 더 나빠져 의사 선생님에게 제대로 혼만 났다. 그때부터는 꼬박꼬박 잘 챙겨 먹고 있다. 아침 스트레칭도 그렇고, 신지로이드를 먹는 일도 그렇고, 진짜 이 말이 정답이다.

"반복을 이길 수 있는 것은 없다."

약을 챙겨 먹은 후에는 두 가지 중에서 하나를 선택한다. 짧게는 30분, 길게는 한 시간의 자유 시간이 생기는데 책을 읽거나 글을 쓰거나 둘 중 하나를 선택한다. 이미 습관이 된 부분이라 별로 어렵지 않다. 다만 어떤 것이 더 잘될 것 같은 날이 있기에 마음이 끌리는 쪽을 선택한다. 그렇게 나만의 시간을 보낸 후, 첫째가 일어날 시간이 되면 고민 없이 책상에서 일어난다. 일찍 등교하는 첫째를 뭐라도 먹여서 보내려면 몸을 움직여야 하기 때문이다. 그러니까 어떻게 보면 첫째 아침을 챙기는 것까지가 나의 아침 일과에 속한다고 할 수 있겠다.

모든 과정이 아주 꼼꼼하지는 않지만, 무의식적으로 저절로 움직일 정도가 되었다. 처음에는 어색하고 쉽지 않았는데 이제는 많은 부분이 숨을 들이마시고 내쉬는 것처럼 자연스러워졌다. 반복은 강하다. 잘하고 싶은 것이 있다면 방법은 하나밖에 없는 것 같다. 매일 관여하는 것이다. 정말 그것 말고 다른 방법은 없는 것 같다.

반복은 강하다
잘하고 싶은 것이 있다면
방법은 하나밖에 없다

매일 관여하는 것이다
정말 그것 말고 다른 방법은 없다

살아가다

"누군가를 돕는 건 모두를 돕는 일이다."

영화 〈스파이더맨: 노 웨이 홈〉에서 피터 파커는 자신으로 인해 주변 사람이 힘들어하는 것을 보고 닥터 스트레인지를 찾아가 부탁한다. 평범한 일상으로 되돌아갈 수 있도록 도와달라고. 이에 닥터 스트레인지는 파커를 도울 방법을 찾아낸다. 하지만 피터는 스파이더맨의 삶과 피터 파커의 삶이 유지되길 원했고, 자신의 결정을 번복하는 과정은 닥터 스트레인지의 마법에 혼란을 일으킨다. 결국 피터를 포함해 세계를 혼란에 빠트리는 위기가 찾아온다. 그런 상황에서 항상 피터의 선택과 용기를 지지하던 이모 메이 파커가 악당에 의해 죽음을 맞이하게 되는데, 그녀의 묘비명에 적힌 글이 저 문장이었다.

피터의 행동을 보면서 생각했다. 그는 욕심이 너무 많았다. 후회하지 않을 선택을 하길 원하면서 동시에 다정하고 친절한 선택이 되기를 원했다. 큰 행동에는 큰 책임이 따른다는 말을 떠올릴 뿐, 옳다고 여기는 것과 친절한 것이 충돌을 일으킬 때 어떤 선택을 해야 하는지에 대한 경험이 부족했다. 자신의 선택을 수시로 번복하는 피터의 모습을 지켜보는 동안 답답함이 머릿속에서 떠나지 않았다. 하지만 이내 마음이 차분해졌다. 나라면 어땠을까. 나라면 저 상황에서 어떤 선택을 했을까. 나라면 선택을 번복하지 않았을까.

둘째가 중학교 1학년을 앞둔 어느 날 제안을 해 왔다. 중학교 1학년 때는 수학 학원만 다니고, 영어 학원은 중학교 2학년부터 다니고 싶다고 했다. 학창 시절 유일하게 마음껏 놀 수 있는 시기를 절반이라도 누려 보고 싶다고 말했다. 둘째는 자유 학년제가 학창 시절을 자유롭게 보낼 수 있는 마지막 시기라고 믿는 것 같았다. 하여간 자기 생각을 내게 전달했고, 의견을 물었다. 자신의 선택대로 진행해도 되는지, 다른 선택을 해야만 하는지.

둘째는 옳다고 여기는 것보다 다정하고 친절한 선택을 희망하는 것 같았다. 어떤 결론을 내려야 할까 고민이 깊어졌다. 중학교 1학년 시기를 잘 보내야 한다는, 이때를 놓치면 나중에 고생한다는 주변의 조언을 뿌리치기 어려웠다. 잘 노는 아이가 나중에 공부도 잘한다는 성공 스토리에 의지하고 싶었지만, 일 년이라는 시간을 가지고 실험하기엔 무리가 아닌가 싶었다. 내가 가진 정보를 적용하면 나는 옳다고 여겨지는 것을 선택해야 했다.

그러나 나는 다른 선택을 했다. 다정하고 친절한 선택에 한 표를 던졌다. 다만 영어를 완전히 놓을 수는 없다는 생각에 작은 제안을 했다. 하루에 10분씩 영어 단어를 함께 외우는 시간을 가지자고, 엄마도 함께 외우겠다고 말했다. 감사하게도 둘째는 흔쾌히(?) 허락했다.

중학교 2학년이 되던 2022년 1월 1일, 우리는 '영어 단어 외우기 300일'을 맞이했다. 일 년 동안 10분씩 함께 영어 단어 외우기를 실천했다. 약속한 대로 10분을 넘기지 않기 위해 노력했지만, 평균 20분 정도 걸린 것 같다. 우리는 서로의 노력을 칭찬하면서, 포기하지 않고 약속을 지켜낸 것을 자축했다. 그런 다음 기쁜 마음으로 영어 학원을 알아보기 시작했다.

그러나 현실의 벽은 높았다. 학원 선생님은 차분한 말투로 상담을 진행했지만, 표정은 완전히 다른 말을 하고 있었다. "어머니, 큰일 났어요. 어떻게 하실래요? 다른 아이들은 고등학교 공부하고 있는데, 어떻게 하실래요?"였다. 학원을 너무 늦게 찾아왔다는 말과 함께 우리의 일 년을 무모한 도전으로 치부했다. 그러면서 현재 수업할 수 있는 반이 없으니, 중학교 2학년 진도에 맞춰 수업하는 학원을 하루라도 빨리 찾으라고 다급하게 재촉했다. 우리의 선택에 완벽한 공감을 원했던 것은 아니지만, 완전히 잘못된 선택을 했다는 그녀의 말은 불편했다. 하지만 방법이 없었다. 아무렇지도 않은 척 빠져나오는 것밖에는.

충격을 받은 것은 나뿐만이 아니었다. 지금 시작해도 늦지 않다고 여기던 둘째는 혼란에 빠졌고, 학원 선생님이 던져 놓은 불안은 거센 속도로 뿌리를 뻗어 나갔다. 마음이 진정되기를 기다리면서 시간이 조금 더 흐르기를 기다릴까 잠시 고민에 빠졌지만, 옳은 선택도 친절한 선택도 아닌 것 같았다. 우리는 여기저기 수소문한 끝에 수준에 맞춰 맞춤형으로 진행하는 학원을 찾아냈다.

아주 가끔 일 년 전의 선택과 불안을 잔뜩 안겨 준 학원 선생님이 동시에 떠오를 때가 있다. 그때마다 둘째와 함께 보낸 300일이 떠오르고, 300일을 자축하며 둘이 껴안았던 추억이 생각난다.

만약 과거로 다시 돌아간다면 나는 어떤 선택을 할까. 옳다고 여기는 것과 친절한 것이 다시 충돌한다면? 다정하고 친절한 선택을 할까? 아니면 다른 선택을 하고 둘째를 설득할까? 알 수 없는 일이다. 하지만 아무리 생각해 봐도 비슷한 선택을 할 것 같다. 사람은 쉽게 바뀌지 않으니까. 다정하고 친절한 쪽에 더 마음이 가고, 그런 사람을 좋아하는 성향이 하루아침에 바뀌기란 쉽지 않으니까. 물론 불안을 잔뜩 받아드는 일도 각오해야 하겠지.

교육하다

　설치 미술가 서도호 작가의 인터뷰를 본 적이 있다. 그는 서울 출생임에도 불구하고 서울이 아닌 외국에서 더 오래 생활했다. 어느 날 기자가 그에게 작품 활동에 대해, 어떻게 작품 속으로 빠져들게 되는지에 대해 질문했다. 그가 대답했다. 조금 바보처럼 보일 수도 있겠지만, 똑같은 질문을 계속 자신에게 던진다고.

　"왜?"

　"왜?"

　"왜?"

　많은 사람이 "어떻게?"를 고민할 때 그는 "왜?"를 붙잡았다고 한다. 그런 다음 탐험가가 되어 공간과 아이디어를 접목할 수 있는 지점을 찾았다고 한다. 인터뷰 기사를 읽어 가는데 오래전에 읽은 그의 또 다른 기사가 생각났다. 서울에서 태어났지만, 외국에서 오래 생활한 덕분에 그는 우리나라 교육과 외국 교육의 차이를 경험할 기회가 많았다고 했다. 그는 자신의 경험을 전하면서 우리나라와 외국의 교육 차이를 이렇게 정리했다.

"네 안에 무엇을 넣어 줄까?"
"네 안에 무엇이 들어 있어?"

헨리크 입센의 「인형의 집」에서 노라는 자신을 위해 독립을 선택한다. 소중한 두 아이를 남겨 두고 집을 떠나기로 결심한 것이다. 끝까지 예쁜 인형으로 남아 있기를 원하는 남편을 뒤로한 채. 그녀의 독립은 단순한 반항이 아니었다. 원망을 넘은 갈망이었고, 깨달음을 향한 절규였다. best가 아닌 only가 되겠다고 결심한 그녀는 유일한 방법을 찾아낸 사람처럼 개척자의 길에 오른다.

"나는 나 자신부터 교육해야 해요. 당신은 그 일을 도와줄 만한 사람이 아니에요. 내가 혼자 해야 해요. 나는 나 자신과 바깥일 모두 깨우치기 위해 완전히 독립해야 해요."

교육이라는 단어 때문일 것이다. 밖에서 안으로 넣은 것이 아니라 내 안에 무엇이 있는지 찾아보겠다는 노라다짐 때문이었을 수도 있다. 이제라도 주인이 되어 자신의 세계를 만들어 나가겠다고 선언하는 노라를 지켜보고 있는데, 완전히 잊고 있었던 어느 오후가 생각났다.

지인의 소개로 찾아온 그녀였다. 그녀는 글쓰기를 넘어 책 쓰기, 나아가 삶에 관한 다양한 주제를 경계 없이 넘나들었고 그러다가 자신의 속내를 털어놓았다. 끈기가 부족한 것이 약점이라며, 지금까지 어떤 성과도 내지 못해 답답하다고 말했다. 남들은 모두 잘 해내는 것 같은데 자신은 늘 제자리걸음이라고 했다. 온라인 강의를 모두 수강하고도 실습이 힘들어 중도에 그만둔 이야기, 컴퓨터 자격증을 따려고 갔다가 적성이 맞지 않아 중도에 포기한 사연을 들려주었다. 끈기도 부족한데 성격까지 다혈질이라 이룬 것이 하나도 없다면서 자신의 인생에서 봄날은 끝났다고 한탄했다.

하지만 나의 생각은 달랐다. 그녀의 얘기는 구조가 있었다. 인과관계가 성립되었고, 기승전결의 형태로 어떤 이유로 시작했으며 어디까지 도달했는지, 어떤 부분에서 어려움을 겪었는지 알 수 있었다. 그러니까 빅데이터가 보였다. 그녀에게 말해 주었다. 보이는 결과가 전부가 아닐 수 있다고, 1년 동안 온라인 강의를 수강한 것만 해도 충분히 끈기 있는 사람이라고. 거기에 실습이 힘들었다기보다 아이를 대신 보살펴 줄 사람이 없어 포기해야 했다고 말하는 것이 정확하다고. 컴퓨터 자격증이 도움이 될 것 같았지만 도무지 적성에 맞지 않다는 것을 알게 되어 그만둔 것이라고. 그녀에게 들은 이야기를 하나씩 하나씩 정리해 다시 되돌려 주었다. 그러면서 성급한 일반화로 자신을 너무 몰아세우지 않았으면 좋겠다고 조언했다.

"지금 스스로 알아내시는 중이시잖아요. '그럴 것 같아'에서 끝내지 않고 실행으로 옮겨 보고, 생각과 다른 부분이 무엇인지, 어떤 상황을 힘들어하는지 알게 되셨잖아요. 밑바닥에 가라앉아 있어 제대로 알지 몰랐던 나에 관한 정보를 알아내신 거잖아요. 이런 게 빅데이터죠. 나에 대한 정보가 생겼으니, 다시 시작하시면 돼요. 경험이 쌓였으니 이제는 똑같은 상황을 만들지 않을 거예요. 음, 새로운 봄이 오고 있는 것 같은데요?"

"그럴까요?"

"그럼요, 청춘은 시기가 아니라 마음가짐이라는 말도 있잖아요? 지금 자기 자신을 알아 가고 있는 거예요. 교육이라는 말 아시죠? 교육은 '안에 있는 것을 밖으로 끌어내다'에서 유래했어요. 지금 내면에 있는 것을 밖으로 드러내는 작업 중이잖아요. 나에 대한 정보가 없으면 제대로 시작할 수 없어요. 어느 정도 정보가 있어야 활용할 수 있거든요. 그렇지 않을까요?"

"작가님이 아니라 선생님 같아요. 아니다, 교육자라고 해야 하나?"

"교육자요? 거기까지는 아닌데요…."

"작가님, 평생 교육 사업 아시죠? 그런 거 한번 알아보세요. 사회에 나와서도 학교처럼 궁금한 것이 있으면 물어보고 도움을 청할 곳이 있으면 좋겠어요. 혼자 잘 해내는 사람도 있지만 쉽지 않은 사람도 있잖아요, 저처럼. 잠시 이야기를 나눴을 뿐인데 용기가 생기면서 뭔가 정리되는 기분이에요. 제가 미처 발견하지 못한 것까지 작가님이 찾아 주신 것 같아요. 그런 일이 작가님과 잘 맞을 것 같아요. 혹시 일이 너무 잘 돼서 사람 필요하면 불러 주세요. 불러만 주시면 당장 달려갈게요."

어쩌다가 그날 얘기가 교육 사업으로까지 흘러갔는지 모르겠지만 싫지 않았다. 평생 교육 사업까지는 아니어도 자기 자신을 스스로 돕게 만들고 싶다는 생각을 한 건 오래되었다. 교육이라는 단어도 교육학과에 진학하고서야 유래를 알게 되었고, 진정한 교육자의 모습과 나를 연결할 수 있는 고리도 부족해 보이지만, 기회가 된다면 그 방향으로 나아가고 싶다.

누구나 마음속에 정성스럽게 챙겨 놓은 보물이 있다. 늘 걱정이다. 그 보물이 세상과 만나지도 못하고 사라지게 되는 건 아닐까 하고.

기록하다

　김연수 작가가 말했다. 작가에게 필요한 것은 오직 '쓴다'라는 동사뿐이라고. 작가라면 "어떤 상황과 조건을 떠나 쓰는 행위로 생각의 집을 완성해야 한다"라고. 그의 영향이 가장 컸을 것 같다. 언제부터인가 나는 '작가란 매일 글을 쓰는 사람이다'라는 말을 공공연하게 내뱉고 있다. 무중력 상태로 허공을 떠다니던 마음이 지상에 발을 정착하기 시작하면서 이제는 내 삶을 떠받치는 기둥과도 같은 문장이 되었다.

　매일 글을 쓴다는 것이 매일 멋진 글을 완성한다는 의미는 아니다. 이 부분에 대해서는 김연수 작가의 생각도 다르지 않다. 잘 되는 날이든 그렇지 않은 날이든 자발적으로 동굴로 찾아 들어가 버둥거리면서 뭔가를 쓰기 위해 노력하는 사람이 작가지, 매일 멋진 글을 완성할 수 있어야 한다고 얘기하지는 않는다. 이성적으로, 논리적으로 설명되지 않는 상황이라 해도 드러내기 위해 혹은 보호하기 위해 애쓰고 있다면 충분하다고 격려한다. 그러나 김연수 작가는 격려 차원에서 '작가 생활'을 끝내지 않았다. 그는 "문제에 대해 생각하지 않고, 생각을 생각하는 것을 경계해야 한다"라는 말을 전하면서 생각에 목적이 있어야 하고 방향이 있어야 한다고 강조한다. 만약 그것이 허락되지 않는다면, 아예 처음부터 어떤 생각도 하지 않고 쓰는 게 훨씬 더 낫다고 조언했다.

소설 쓰는 일 외에 애당초 할 일을 만들지 않는 것으로 시간 관리를 한다는 그의 글을 읽으면서 깊은 고민에 빠졌다. 허기진 사람처럼 문장력을 키우기 위해 노력해야 할 시간에 다른 곳에 더 많은 시간을 할애하고 있는 나를 발견했기 때문이다. 뿌리는 것이 있어야 거두는 것이 생기는데, 욕심만 앞섰다는 것을 인정해야 했다. 아는 것이 없다고 벽에 머리를 박을 게 아니라 무지를 인정하고 바깥을 이해하기 위해 노력하면 된다는, 몰랐던 일에 대해 알아 가면서 재미를 키워 나가면 된다는 조언이 아니었다면 쉽게 빠져나오지 못했을 것이다.

어떤 것을 이해한다는 것은 어려운 일이다. 그것에 관해 이야기를 써 내려가는 것은 더욱 힘든 일이다. 하지만 그럼에도 "새로운 나를 만나기 위해, 새로운 문장을 쓰기 위해, 새로운 영혼을 만나기 위해, 신인(新人)이 되기 위해 노력하고 있다"라는 김연수 작가의 메시지는 나에게 강력한 힘을 불어넣어 준다. 다른 건 몰라도 쓰는 행위에 관해서는 가장 독립적이며 전투적인 동지를 만난 것 같다.

연말이 다가오면 새해 결심상품의 판매량이 어느 때보다 높아진다는 기사를 읽은 적이 있다. 1월부터 새롭게 시작하겠다는 사람부터 12월에 곧바로 시작하겠다는 사람까지, 연말은 무심하게 바라보는 것에 대해 의욕을 일으키는 힘이 있는 것 같다. 어학 공부와 다이어트를 포함해 자기 계발이나 업무 향상을 위한 자격증 취득까지, 목표는 다르지만 이루고 싶은 것에 대한 열망이 어느 때보다 분명해 보인다. 저마다 의지를 드러내며 성과를 이루려는 모습에 결연함이 가득하다. 그러한 그들에게 공통점이 있으니, 바로 '기록하기'다.

어디에 어떤 방식으로 기록하느냐의 차이는 있지만, 목표가 있고 원하는 것이 있는 사람은 적극적으로 '기록하기'를 활용한다. 다이어트 계획을 세운 사람은 무엇을 얼마만큼 먹었는지 날마다 기록하고, 자격증을 준비하거나 해야 할 공부가 있는 사람은 다이어리에 그날 해야 할 일과 다음 날 해야 하는 일을 꼼꼼하게 기록하고 관리한다. 계획을 기록하고, 계획 대비 성과를 또다시 기록한다. "측정해야 관리하고 개선할 수 있다"라는 피터 드러커의 조언을 잊지 않은 것이다.

나 역시 시간을 잘 관리하고 업무를 효율적으로 해내

기 위해 다이어리를 활용하고 있다. 놓치는 일정이 생기지 않도록, 미리 준비해 업무에 차질을 빚지 않도록 기록하고 관리한다. 처음에는 단순히 관리하는 차원이었다면 요즘은 한 걸음 더 나아간 느낌이다. 높은 건물 꼭대기에서 도시를 바라보는 것처럼 나의 오늘, 나의 인생을 전체적으로 내려다보는 기분을 갖게 한다.

2018년 「기록을 디자인하다」를 출간한 후, 나를 작가보다는 '기록 디자이너'로 소개하고 있다. 그럴 때마다 '기록 디자이너'가 어떤 의미인지 되묻는 경우가 많은데 대답은 늘 비슷하다.

"기록을 통해 과거와 현재의 시간을 살펴보고, 앞으로의 시간을 디자인하는 일을 돕습니다."

기록 디자이너가 글쓰기에만 해당한다고 생각할 수 있다. 하지만 내 생각은 다르다. 운동량을 기록하며 몸과 마음을 디자인하는 사람, 공부 계획을 기록하며 성장을 디자인하는 사람, 분량을 정해 놓고 독서 습관을 기르려는 사람까지 모두 기록 디자이너다. 스스로 삶을 디자인하려는 사람, 삶에 목표가 있고 그것을 관리하기 위해 기록한다면 모두 '기록 디자이너'다. 지금 이 순간에도 기록하기를 통해 주어진 시간을 완벽한 순간으로 만들기 위해 노력하고 있을 그들을 응원한다. '되고 싶은 나'와 '현재의 나' 사이의 친밀도를 높이며, 자신의 인생에 "찐팬"이 되려는 그들의 기록을 진심으로 응원한다.

'혼자'로 시작했다

지루하다면 지루한, 끝이 보이지 않았던

그 시간이 지금은 '함께'의 배경 화면이 되어

든든하게 나를 받쳐 주고 있다

질문하다

"공부 잘하고 있어?"

"대학이랑 과는 정했고?"

"졸업하면 취직은 어떻게?"

"월급은 어느 정도인데?"

"만나는 사람은 있어?"

"결혼은 언제 할 계획인데?"

"아이 계획은 어떻게 되어 가고 있어?"

여기가 끝이 아니다.

"집은 마련했어?"

"아이는 한글 뗐지?"

"영어 학원은 일찍 보낼수록 좋다면서?"

…

그야말로 네버엔딩 스토리다.

관심을 사랑으로 받아들였다. 공동체 생활 속에서 기대감을 드러내는 것과 기대를 갖는 것의 미세한 차이를 읽어내는 과정은 어려운 일이었다. 누군가 짜 놓은 극본에 맞춰 순서대로 하나씩 미션을 수행하는 느낌이 강했다. 오징어 게임 참가자처럼 단계마다 예상하지 못한 문제를 받아 들고 풀어내느냐, 풀어내지 못하느냐로 생존이 나뉘는 기분이었다. 어떤 상황에서든 정답이 따로 있는 것처럼 보였다. 미리 정답을 마련했다면 모르겠지만, 그렇지 못한 날에는 불안과 무력감을 숨긴 채 문제 풀이는 물론이고 나머지 공부와 숙제까지 몽땅 떠안아야 했다. 학교 다닐 때도 그랬고, 졸업하고 사회에 나와서도 계속 그랬다.

결혼이 독립을 의미하는 것도 아니었다. 또 다른 시험

지를 받아든 기분이었다. 그나마 다행이라면 누군가를 경멸하거나 어딘가에 분노를 발산하지 않았다는 점이다.

손끝 발끝에 보이지 않는 실이 매여 있어 이렇게 저렇게 움직이는 대로 따라야 하는 인형 같다는 생각을 했다. 주인이 없어 보였다. 주인이 따로 있다는 것도 이상한 표현이지만, 하여간 뭔가 잘못되어 가고 있다는 느낌이었다. 그러면서 조금씩 의심이 생겨났다. "해야 한다"라는 말도 불편하게 다가오기 시작했다. 수시로 "왜?"라는 질문이 터져 나왔다. 스스로 감당해야 하는 것인지 혹은 출처가 불분명한 관습적인 명제인지 확인해보고 싶어졌다. 인생이 '네버엔딩 스토리'라는 것은 받아들이겠는데, 스토리의 주인공이 누구이며, 만약 누군가에게 보여 줘야 한다면 대상이 누구인지 명확하게 알고 싶었다.

"해야 한다"라는 것과 어느 정도 거리가 확보된 후부터 의도적으로 혼자 있는 시간을 많이 가졌다. 소속을 통해 얻을 수 있는 안정감은 잃었지만, 독립적인 느낌이 싫지 않았다. 생각은 의존보다는 의지를, 마음은 욕망보다 끈기를 희망했다. 그렇게 "해야 한다"와 "하고 싶다"를 반복적으로 오가는 동안, 조금씩 적극적인 모습이 고개를 내밀기 시작했다. 그러니까 '나'라는 사람이 바뀌었다기보다 '본래 내가 가지고 있는 것'과 더 많은 시간을 보내면서 나를 되찾아 오게 되었다고 표현하는 것이 적당할 것 같다.

돌이켜 생각해보면 처음부터 어떤 목적이 있었던 것은 아니었다. 쓸모의 문제도, 존재의 증명도 아니었다. 그저 질문이 생겨났고, 질문을 나에게 던졌으며, 나만의 대답을 찾아보는 시간을 가졌을 뿐이다. 그 성과가 놀라울 뿐이다.

2021년을 뜨겁게 달군 정조와 성덕임의 사랑을 다룬 드라마 〈옷소매 붉은 끝동〉에서 열연을 펼친 2PM 멤버 이준호의 어록을 SNS에서 본 적이 있다. 그는 오래전 SBS의 방송 프로그램에서 "인기는 계절"이라는 말을 남겼다. 연기자를 꿈꾸는 배우 지망생의 마음을 간직한 채 2PM 멤버로 활동하면서 여유를 잃지 않고 자신의 계절을 기다린 이준호. 그의 기사를 읽고 있는데 넷플릭스 드라마 〈오징어 게임〉으로 제79회 골든 글로브 시상식 TV 부문 남우조연상을 받은 배우 오영수가 떠올랐다. 그는 인터뷰에서 이렇게 말했다. "우리 사회는 1등을 기억하지만, 2등은 3등에게 이겼으니 2등 또한 승자라고. 그런 의미에서 보면 우리는 모두 승자이며, 진정한 승자란 자신이 원하는 것을 위해 애를 쓰고 내공을 쌓아가는 사람이다"라고. 이준호, 오영수, 걸출한 두 배우를 보며 생각했다.

'얼마나 많은 질문을 자신에게 던졌을까?'
'얼마나 많은 대답을 자신에게 들려주었을까?'

나아가다

한동일의 「라틴어 수업」

2022년 1월, 내 책상 위에 놓여 있던 책이다. 독서 모임이나 외부 수업을 위해 읽는 책이 아니라, 오로지 나를 위해 읽는 책이었다. 독서 수업이나 출강이 늘어나면서 '읽어야 할 책'이 늘어났고 자연스럽게 '읽고 싶은 책'이 하나둘 뒷전으로 밀려나기 시작했다. 이대로는 안 되겠다는 생각에 일부러 시간을 정해 읽고 있다. 마치 읽어야 하는 책과 읽고 싶은 책을 구분하지 못하는 사람처럼.

「라틴어 수업」은 이른 오후 동네 커피숍에서 오랜만에 만난 친구와 차 한 잔 함께 마시는 기분을 갖게 했다. 나를 이끄는 것 같다가도 어느 순간 되돌아보면 나와 걸음을 같이 하며 내 이야기에 귀를 기울이고 있었다. 적당히 따뜻한 온도와 지나치지 않는 표현 때문일까. 대화를 나누는 동안 삶에 대한 의지가 되살아나는 기분이었다.

「라틴어 수업」에서 '공부하는 노동자'라는 표현을 발견하고는 한참 동안 자리를 떠나지 못했다. 저자는 근로자는 회사를 그만두면 근속 연수에 따라 퇴직금을 받을 수 있지만, 공부가 일인 자신은 중도에 그만두면 아무것도 아닌 게 되어 멈출 수 없다고 고백했다. 공감이 가는 표현이었다. 과연 나는 어디에 속할까. 나는 근속 연수에 따라 퇴직금을 받는 사람일까. 아니면 저자처럼 공부가 일인 사람일까. 아무래도 후자에 가까워 보였다. 나 역시 읽고 쓰기를 계속 이어 나가야 한다. 나를 공부하고, 사람을 공부하고, 세상을 공부하는 일을 게을리해서는 안 된다. '공부하는'이라는 표현이 적절한지는 모르겠지만.

저자의 생각이 나와 크게 다르지 않다는 것을 발견하는 일은 즐거움을 선사했다. 특히 인상적이었던 부분이 있었으니 바로 "생 까"였다. 저자는 알고 있었다. 예상하지 못한 문제가 일상을 덮쳐올 거라는 것을, 열심히 하지 않았다는 생각이 찾아드는 순간이 생겨난다는 것을, 자신의 노력과 상관없는 이야기나 평가를 듣게 되는 날이 찾아올 수 있다는 것을. "생 까"는 그런 순간을 위한 멘트였다. 예상하지 않았던 순간이 찾아오더라도 특별한 의미를 부여하지 말고, 자신이 할 수 있는 일에 집중하면서 가던 길을 계속 나아가면 충분하다는 메시지였다.

"생 까."

단단하면서 참 야무진 조언이다.
불편하지 않으면서 막힌 가슴을 뻥 뚫어 주는 표현이다.

기다리다

"그러니까… 그때…."

이상하게도 즐거웠던 순간은 금방 기억나지 않는다. 어떤 스토리였는지, 장소가 어디였으며, 누구와 함께였는지 하나씩 기억을 더듬다 보면 그제야 "그때, 정말 좋았지!"라는 말이 터져 나온다. 어떤 순서로 재구성해 저장되는지 알 수 없지만, 영역을 차지하고 있는 것은 분명한데 좀처럼 먼저 알은척을 하지 않는다. 손님처럼 지내다가 신호를 보내면 그제야 자리에서 일어나 고개를 내민다. 지금까지의 경험으로는 그랬던 것 같다. 고마웠던 순간, 기뻤던 순간, 즐거웠던 순간은 마치 사라진 것처럼, 애써 안부를 묻지 않으면 기억에 없는 것처럼 보인다. 그래서인지 행복이나 기쁨 같은 것은 추상적이고 모호하게 느껴질 때가 많다.

반면에 슬펐던 순간, 마음이 아팠던 기억은 특별한 노력 없이 금세 떠오른다. 생각의 꼬리를 물고 따라갈 필요도 없다.

"무슨 일이 있었냐면⋯."

짧은 탄식과 동시에 눈 깜짝할 사이에 영사기가 움직인다. 그때의 감정이나 기분을 완벽하게 되살릴 수 없을 턴데도 블랙홀에 빠진 사람처럼, 뭔가 따끔한 것에 찔린 것처럼 어떤 장면 속으로 쑥 빨려 들어간다. 부르기만 하면 언제든 달려 나올 채비를 끝마친 모습이다. 그래서인지 슬픔이나 아픔 같은 것은 실재적이고 현실적인 분위기를 자아낸다.

"좋은 추억은 길지 않고, 나쁜 기억은 오래간다"라는 말이 영 틀리진 않은 것 같다. 하지만 '시간이 약'이라고 했다. 지나간 것은 옅어지기 마련이다. 가슴 한구석이 꽉

막힌 기분을 갖게 했던 일도 가물가물해지는 날이 찾아왔고, 전혀 이해할 수 없던 누군가에 대해서도 "그럴 수 있지"라는 말을 건네는 순간이 생겨났다. 그러면서 조금씩 다르게 받아들이기 시작한 것 같다. 좋은 것과 나쁜 것에 대해. 시간의 힘에 대해.

요즘 나는 "시간의 힘을 견딘 것은 아름답다"라는 말에 빠져 있다. 최대한 호흡을 길게 유지하며, 방정식을 완성하겠다고 억지로 덤벼들기보다 가능성이라는 이름으로 나에게 온 것을 지켜보기 위해 노력하고 있다. 용서되지 않는 것을 용서하는 날이 올 거라고, 이보다 더 좋을 수 없을 거라고 여겨지는 날보다 더 좋은 날이 준비되어 있을 거라고 믿으면서.

시간이 만들어 낸 인생 곡선은 끝내 아름다움을 선사해 줄 거라고 생각한다. 왜냐하면, 그게 시간의 본성이고 인생의 속살일 테니까.

구분하다

글쓰기 강의 시간이었다. 글쓰기 과제는 책에서 발췌한 글을 함께 읽고, 주제와 관련해 자기 생각과 느낌, 의견을 짧게 적는 것이었다. 그날 읽은 글의 주제는 "인성 교육은 가르치는 것이 아니라 보이는 것이다"였는데, 글쓰기를 시작하고 얼마 되지 않았을 때였다.

"좋은 글이라는 건 알겠는데, 엄마에게 너무 많은 책임을 주는 것 같아요."

"아이가 잘못되면 모두 엄마의 책임이라는 거잖아요."

"시간이 갈수록 엄마라는 자리가 무서워요."

"엄마에게 너무 많은 부담을 주는 것 같아요."

"남편들도 이런 수업 들었으면 좋겠어요."

그녀들의 하소연이 남의 얘기로 들리지 않았다. 나도 사정이 다르지 않다. 부담감이 상당하다. 엄마라는 자리에 있고, 엄마에게 부여된 결과가 부담스럽다. 잘하려고 시도한 것 같은데 결과가 만족스럽지 않은 날이 생겨났고, 인격이 이 정도밖에 되지 않았나 의심에 빠지기도 했다. 그렇기에 그녀들의 얘기가 공감이 가고도 남았다. "각자 할 수 있는 만큼 최선을 다하면 그걸로 충분하지 않을까요?"라는 말로 매듭지었지만, 썩 마음에 드는 대답이 아니었다.

강의를 마치고 집으로 돌아올 때였다. 명료하게 마무리되지 않은 생각이 꼬리에 꼬리를 물었다. 엄마라는 역할과 나라는 존재가 공존할 수 있는, 역할을 다하는 것과 결과를 분리할 수 있는, 최선을 다하면 충분하다는 것을 설명할 수 있는 안정감이 느껴지는 문장을 찾고 싶다는 생각에 머릿속이 분주했다. 하늘은 태풍이 아직 빠져나가지 않아 전체적으로 회색빛이었지만, 한쪽 구석에서 파란빛이 조금씩 영토를 확장하고 있었다. 고양이처럼 살금살금 더딘 걸음으로 다가오고 있었는데 곧 하늘의 절반을 덮을 것 같았다. 그 순간이었다.

"최선을 다해 50점만 맞자!"

50점이라는 말이 가볍게 들릴 수 있지만, 가장 현실적이고 친절한 점수로 느껴졌다. 100점은 과한 목표였다. 엄마 역할에서든, 나라는 개인의 삶에서든 불가능한 점수였다. 엄마 역할에서 100점을 맞기 위해서는 다른 영역에서 0점 맞는 것을 각오해야 하는데 나에게는 어려운 일이었다. 거기에 100점을 맞기 위해 노력하는 과정이 아이의 삶에 100점짜리 만족감을 줄 거라고 장담하기도 어려웠다. 다시 말해 100점은 아이와 나 모두 함께 고생길로 들어가는 입구였다. 다르게 접근할 필요가 있었다. '엄마'도 살고, '나'라는 인간도 살고, '아이'도 살 수 있는, 확실성과 불확실성을 껴안을 수 있는 숫자가 필요했다. 그러면서 떠오른 것이 5 대 5였다. 이거였다.

"최선을 다해 50점만 맞자!"

어떤 일에서든 내가 미치는 최대 영향력은 50점을 넘지 않을 것이다. 누군가의 삶에 미치는 영향력이나 아이의 인생에 미치는 나의 영향력은 최대 50점이라는 생각이 든다. 나 역시 부모님의 영향력 아래에서 자랐지만, 내 몸에서 떨어져 나간 부분이 있고 새롭게 스스로 장착한 부분이 있다. 그리고 확률적으로 후자의 비중이 더 높다. 아이도 다르지 않을 것이다. 그런 관점에서 보면 50점은 훌륭한 점수였다. 50점이라고 해서 50점만큼만 노력하겠다는 것이 아니다. 당연히 하나하나 역할을 수행할 때의 마음가짐은 100점을 목표로 한다. 아이를 향한 사랑, 나의 인생에 대한 신뢰감은 언제나 100점이다. 다만 아이의 인생에 대한 권한을 엄마가 가지고 있지 않다는 인식, 여러 역할을 동시에 수행하는 나에 대한 배려이자 노력과 결과의 거리를 50점에 맞추겠다는 의미일 뿐이다. 그러니까 50점은 정서적 거리가 아니라 사회적 거리인 셈이다.

선택하다

"인플루언서가 될 수 있게 도와드릴게요."

평소였다면 받지 않았을 것이다. 비슷한 문자나 전화를 몇 번 받은 후로는 길게 통화하지 않는다. 업무상 전화를 받았다가 아니다 싶으면 "그런 쪽은 관심 없습니다"라며 서둘러 전화를 끊는다. 그런데 어찌 된 일인지 그날은 전화를 받게 되었고 얘기가 길어졌다. 그녀는 나의 욕망을 알고 있었고, 인플루언서가 될 수 있게 도와주겠다는 말에 평소와 다르게 귀가 솔깃해졌다. 인플루언서가 되면 어떤 혜택을 누릴 수 있는지, 경제적 수익은 어느 정도까지 올릴 수 있는지 정확하게 알려 주었다. 관심을 드러낸다고 생각했는지 그녀의 목소리에 자신감이 붙었다. 애써 나의 비위를 맞추려고 하지는 않았지만, 그녀의 제안은 갈수록 드라마틱하게 다가왔다.

"사진과 글의 구성, 내용이 너무 좋다. 다만 블로그에서 최적화할 수 있는 로직이 따로 있는데, 그 로직에 맞춰 글을 올리면 블로그 유입량도 늘어나고 블로그 지수가 지금보다 높아질 것이다. 숫자가 늘어나는 것은 시간문제다. 그 지점에서 인플루언서가 되면 50만 원, 100만 원 상당의 고가 제품을 협찬받게 되고, 수익은 기하급수적으로 늘어난다. 우리는 인플루언서를 만들어 내는 회사다. 광고 회사가 아닌 기획사. 인플루언서가 될 수 있는 사람을 추천하고, 그들의 활동과 수익이 보장되도록 도와주고 있다. 놓치면 후회할 것이다."

한참 열을 올려 이야기하던 그녀가 잠시 호흡을 가라앉히더니 나에게 홍보나 광고 글을 올리지 않는 이유를 물었다. 조금 오래된 유물 같은 대답을 했던 것으로 기억한다. 경험해 보지 않은 것을 경험한 것처럼 쓰는 것은 취향에 맞지 않은 일이라고, 돈을 벌겠다는 생각으로 블로그를 시작한 게 아니라고, 보이지도 않는 끈에 묶여 이 공간을 수동적으로 운영하고 싶지 않다고. 인플루언서가 되기를 바라면서도 전혀 인플루언서가 되고 싶지 않은 사람 같은 모호한 대답에 답답하다는 듯 그녀가 나를 다그쳤다.

"로직이 있고, 유입량과 지수가 가장 중요하다. 현재 문학과 책으로 운영되고 있는데, 찾는 사람이 상대적으로 많지 않다. 육아나 음식, 병원 같은 수요도 있고, 일반 사람이 관심을 가지는 글을 올리는 것이 훨씬 유리하다. 짜깁기한 글이 아니다. 작가가 반복되지 않은 좋은 글을 계속 준비하고 있다. 주는 자료를 갖다 붙이기만 하면 지수와 유입량이 확보될 것이다. 인플루언서가 될 수 있다. 인플루언서가 되고 싶다면 생각을 조금만 바꾸면 된다."

정확한 이유는 모르겠다. 그녀의 말을 가만히 듣고 있는데 미안하게도 메피스토펠레스가 떠올랐다. 파우스트를 유혹한 메피스토펠레스. 그는 지상에서 방황하는 파우스트에게 원하는 것이 무엇이든 그것을 가질 수 있도록 도와줄 수 있다고 장담한다. 이에 자신의 욕망, 한계, 갈등에 빠져 정체성의 혼란을 겪고 있던 파우스트는 메피스토펠레스와 계약하게 되고 쾌락의 길에 빠져든다. 현실 세계에서 구원받기를 원하면서도 신비로운 것을 포기하기 어려웠던 파우스트였다. 하지만 결국 그레트헨과 헬레나와의 비극을 뒤로한 채 파우스트는 '멈추어라'를 외치며 죽음을 맞이하게 된다. 멈추어라, 파우스트는 깨달은 것이다. 올바른 길을 향해 나아가는 것과 정체성을 찾아가는 것은 누구도 대신해 줄 수 없는 일이며, 그 길 위에서는 언제나 방황하기 마련이라는 것을.

멈춰야 할 것 같았다. 충분히 유혹적이었지만 내가 가고 싶은 길이 아니었다. 원하는 방식도 아니었다. 게다가 그들이 나에게 기대하는 것이 무엇인지 감이 오지 않았다. 그들은 내가 인플루언서가 되는 것보다 블로그 유입량 확보를 통한 자신들의 성과에 더 집착하는 모습이었다. 동무 삼아 먼 길을 함께 걸어가기엔 방향이 너무 달

랐다. 쉬지 않고 입에 침이 마르도록 블로그 관리 지수와
유입량, 인플루언서의 매력을 강조하는 그녀를 향해 나
는 멈춤 버튼을 눌렀다.

"그런 쪽은 관심 없습니다."

그녀의 얘기대로라면 아무래도 인플루언서가 되기 힘
들어 보인다. 한때는 파워 블로거가 되겠다고 매달린 적
도 있고, 인플루언서가 되고 싶어 신청서를 제출하기도
했는데, 요즘 나의 행동이나 모습을 보면 인플루언서가
될 가망은 제로에 가깝다. 하루에 몇 명이 블로그에 방
문하는지, 어떤 포스팅이 조회가 높은지, 얼마나 머물렀
는지 살펴보는 일이 거의 없다. 파워 블로거나 인플루언
서가 되겠다고 통계를 들여다보던 사람이 어쩌다 이렇게
무감각한 사람이 되었을까.

여러 이유가 있겠지만 무엇보다 '블로그를 통해 무엇을
하고 싶은가?'라는 질문이 가장 큰 역할을 한 것 같다. 나

에게 블로그는 의미를 발견하는 공간이다. 나와 내 삶의 의미를 밝히는 공간이다. 다양한 감정을 알아차리고, 일상과 인생에 관한 생각을 표현하면서 삶에 일어나는 작은 변화를 기록하는 공간이다. 생산적인지, 효율적인지는 두 번째이다. 블로그에 글이 쌓이는 만큼 생각이 자라고 마음도 넓어지는 것처럼 느껴진다. 그 공간을 지키고 싶다는 것이 가장 솔직한 이유였을 것 같다.

자라다

"수업을 2시간 진행하면 더 좋지 않을까요?"
"글쓰기 과제를 내 주어도 좋을 것 같아요."
"집에서 글을 써 오게 하는 방법은 어떨까요?"

아주 드물기는 하지만, 독서 수업과 관련해 과제를 조금 더 요구하거나 시간을 늘려 진행하면 어떨지 의견을 묻는 분이 있다. 아직은 시간적 여유가 많다는 생각 때문인지 독서와 글쓰기에 조금 더 노력을 쏟아야 한다는 모습이었다. 하지만 예전에도, 지금도 나의 생각은 크게 달라지지 않았다.

"지금도 충분한 것 같아요."

아이들과 독서 수업을 진행하면서 중요하게 생각하는 몇 가지 포인트가 있다. 우선 일주일에 책 한 권 읽는 것이 어렵지 않다는 사람도 있겠지만, 결코 쉽지 않은 일이다. 특히 중·고등학생에게는 유혹하는 것이 많다. 아이들은 즐거움을 발견하는 데 선수일 뿐 아니라 감각적인 것에도 호의적이다. 그런 아이들이 일주일에 한 권의 책을 읽어 나간다는 것은 끈기와 지구력을 학습하는 과정이다. 배우는지 모르고 배우는 것이 가장 효과적인데 어려운 책, 어떤 때는 분량이 많은 책, 때로는 표현이 어색한 책, 격주로 자신이 좋아하는 책을 읽으면서 시간을 보내는 것은 그 자체가 좋은 목적이자 좋은 수단이다.

다음은 조금 본질적인 것이다. 글쓰기에 관한 것인데, 글을 쓴 흔적이 우리의 독서 수업을 설명하는 전부라고 할 수 있다. 그러다 보니 흔적에 관해 가끔 전해 듣는 얘기가 있다.

"이렇게 글을 써 가면 엄마들이 실망해요. 글을 더 많이 쓰게 하거나 문장을 고친 흔적이 있어야 수업을 했구나 하고 생각해요. 보이는 게 중요하지 않다고 해도 보이는 게 중요해요."

한 번씩 '정말 그래야 하나?'라는 생각이 들다가도 이내 마음을 다시 고쳐먹게 된다. 사실 글을 쓴 흔적만 보면 부족해 보일 수 있다. 하지만 우리는 흔적으로 찾기 어려운 작업을 함께 진행하고 있다. 글을 쓰기 전에 생각을 정리해 다른 친구들에게 발표하거나, 혹은 거꾸로 글쓰기를 끝낸 후 줄거리나 생각을 요약해 발표한다. 시간이 허락하지 않는 날에는 발제문을 통해 자신의 의견을 정리할 시간을 갖는다. 시간이 허락하는 날에는 상대방이 무엇을 전달하는지 집중하는 것은 물론, 자신이 하는 말을 귀로 듣는 훈련을 한다. 독서 수업이라기보다 인생 수업이라고 할 만한 것들인데, 사실 이런 것들은 눈에 보이지 않는다.

마지막은 글쓰기보다 표현하기에 관한 언급이다. 말을 하거나 글을 쓰는 부분에서 어디까지 사실이고, 무엇이

의견인지 불분명할 때가 많다. 예를 들어 어린 왕자가 여러 행성을 들렀다는 것은 옳은 표현이지만, 다섯 번째로 도착한 곳이 지구라는 표현은 잘못되었다. 그리고 조종사가 떠나간 어린 왕자를 그리워한다는 사실과 어린 왕자도 조종사를 그리워할 것 같다는 의견은 구분해야 한다. 이처럼 불분명한 부분을 발견하면 책을 다시 뒤적여야 하고, 흐름이나 맥락을 살피기 위해 연필을 놓고 머릿속을 정비해야 한다. 그러니까 글의 양과 상관없이 짧은 시간 동안 아이들은 자신의 뇌를 뜨겁게 달구는 경험을 하게 된다. "잠깐만요!"를 외치며 책을 다시 뒤적이는 모습을 볼 때마다, 사실과 의견을 확인하기 위해 서둘러 페이지를 넘기는 모습을 볼 때마다 생각나는 말이 있다.

"아이들은 날마다 자란다."

아이들과 함께 읽고 쓰고 있다. 아이들이 읽은 것을 정리하고 자신의 글을 다듬는 과정을 곁에서 지켜보고 있다. 꾸준하게 읽고 세심하게 고쳐 나가는 과정을 나는

'자란다'라고 표현한다. 독서 수업과 관련해 별다른 언급을 하지 않던 중에 좋은 자리가 생겼다. 궁금증이 조금이라도 해소되는데 도움이 되기를 바라본다. 물론 내게도 더없이 좋은 기회가 되었음은 분명하다. 그동안 무의식적으로 진행하던 일련의 행위에 어떤 의미가 숨겨져 있었는지 누구보다 내가 가장 잘 알게 되었으니.

노래하다

2006년 첫 책을 시작으로 2022년까지 16권의 책을 썼다. 서른 초반부터 마흔 후반까지 나의 삶을 담은 16권의 기록. 내 인생이 나에게 보내 준 기회였으며, 내가 나의 인생에 전하는 선물이다. 특별한 이변이 없는 한 앞으로도 몇 개의 풍경과 몇 명의 사람을 주제로 계속 기록을 이어 나갈 생각이다.

몇 권의 기록을 만들어 내는 동안 과거를 자주, 수시로 만났다. 포옹과 격려, 위로를 통해 누군가가 나를 감싸 안아 주는 것 같은 물리적인 변화도 경험했다. 가끔은 무슨 상황인지 혹은 어떤 의미인지 파악조차 힘든 순간도 있었지만, 건져 올리는 것이 한두 개는 있었다. '혼자 방

어막을 만들어 그 뒤에 숨은 건 아니었을까?', '괜한 지레
짐작으로 물러난 건 아니었을까?' 하고 감히 그 시절에는
생각하지 못했던 깜찍한 질문을 마주하기도 했다. 그러
나 무엇보다 가장 큰 수확은 화해였다. 과거와의 잦은 만
남, 허심탄회한 대화를 통해 나는 '오늘에 감사하는 사람'
이 될 수 있었다.

　시간이 지나고 나면 모든 것이 그리워진다고 얘기하지
만, 그리움을 위해 살아가는 사람은 없다. 삶은 언제나
그랬던 것처럼 정확하게 오늘, 지금 여기를 가리킬 뿐이
다. 떠나온 곳이 그리운 것은 딱 한 번 머물렀기 때문이
다. 모든 것은 그리움의 대상이 될 수밖에 없다. 오늘, 지
금 이 순간이 그리움의 대상이 되는 건 시간문제다. 그런
데도 자꾸 놓치는 것 같다. '오늘'을 그리워하지 않을 것
처럼, '지금 여기'를 그리워하지 않을 것처럼 살아간다.

　길거리에서 공연하는 연주자를 발견하고는 가던 길을
멈추고 몸을 이리저리 흔들고 있을 때였다. 리듬이 빨라

지는가 싶더니 갑자기 막대기를 툭 부러뜨린 것처럼 순식간에 저음으로 바뀌었다. 그러면서 갑자기 주변의 온도가 바뀌면서 모든 것이 낯설게 느껴졌다. 신기한 것은 낯선 풍경으로 인해 생각이 흩어지기는커녕 뭔가가 내 안을 툭 건드렸다는 사실이다. 연주자의 손을 떠난 악보가 허공을 향해 내달리는 동안 잔잔한 배경 음악과 함께 부드러운 노랫소리가 내 안에서 흘러나왔다.

'언젠가 오늘이 그리워질 시간이 올 거야. 가까운 시일일지 아니면 조금 더 훗날일지 누구도 알 수 없어. 오늘을 살아. 누구를 만났는지, 어떤 즐거움을 찾아냈는지, 마음을 다한 것은 무엇이었는지, 무엇을 느꼈는지 거기에 집중해 봐. 삶은 치유하는 힘이 있어. 누군가는 그걸 그리움이라고 부르지. 어제 말고, 내일 말고 오늘을 노래해. 너만의 악보를 만들어 봐. 너만 부를 수 있는 노래를 불러 봐. 듣는 사람이 너 하나뿐이라도 괜찮아. 이미 네 삶이 모든 것을 들었잖아. 너의 노래를 만들어. 삶이 너에게 기회를 주었고, 너의 노래는 선물이 될 거야.'

결혼하다

　결혼기념일, 처음 몇 년은 서로 날짜를 꼼꼼하게 챙기는 분위기였고 특별한 장소에서 저녁을 먹거나 작은 선물을 주고받았다. 어떤 이유에서인지는 모르겠지만, 그래야만 한다는 게 있었다. 예를 들어 결혼기념일에는 남편이 먼저 선물을 준비하고 멋진 장소를 예약해 나를 초대해야 한다는 믿음 같은 게 있었다. 그것이 낭만적이고 아름다운 결혼 생활을 증명한다고 생각했다. 내가 먼저 뭔가를 하거나 기념일을 챙기는 것은 밑지는 기분이 들게 했고, 행복한 결혼 생활이 아닌 것처럼 느껴졌다.

　하지만 몇 년을 보내는 동안 '남편이 먼저'라는 단어에 의구심이 생겨났고, 마땅한 명제를 완성하지 못했던 나는 머릿속에서 '누가 먼저'라는 개념을 지웠다. 하나하나를 정의해 놓는다는 것이 거추장스럽게 다가왔고, 하나의 사건으로 결혼 생활을 증명한다는 생각도 억지처럼 느껴졌다. 단 하나의 사건으로 이뤄지는 것은 없으니까. 그러면서 '이래야 한다'라는 것을 최대한 줄이는 것이 결혼 생활에 도움이 되겠다는 생각을 하게 되었다. 하지만 너무 많은 부분을 지우고 버렸던 모양이다. 결혼기념일을 포함해 생일까지 잊는 일이 생겨났다. 며칠 전까지 기억하고 있었는데, 정작 그날은 까맣게 잊고 다음 날이 되어서야 '아차!' 한 적이 한두 번이 아니다.

작년 연말, 12월 중순쯤이었다. 페이스북이었는지 인스타였는지 가족사진 촬영 이벤트를 발견했다. 때마침 결혼기념일을 기억하고 있던 터라 이번 기회에 사진 한 장 남기면 좋겠다는 생각이 들었다. 아버지 칠순을 축하하며 찍은 가족사진이 있지만 두 아이 모두 어렸을 때라 사진을 새로 찍고 싶다고 생각하던 차였다. 이벤트 신청 버튼을 누르고 전화번호를 남겼다. 그리고 일주일 뒤 연

락이 왔다. 가족사진 촬영 이벤트에 당첨되었으며, 액자
비 3만 원을 입금하면 $28 \times 30\,cm$ 가족사진 액자를 만들어
준다고 했다.

그날 저녁 퇴근한 남편과 두 아이에게 오케이 사인을
받고 예약 날짜를 확정했다. 사진 촬영을 예약한 날, 오
전에 사진을 찍은 후 맛있는 점심을 먹고 헤어질 계획이
었다. 하지만 사진 찍는 데 생각보다 시간이 오래 걸렸
다. 시간적 여유가 있었으면 점심과 디저트까지 먹고 헤
어질 계획이었는데 김밥만 먹고 헤어져야 했다. 두 아이
는 학원으로, 남편과 나는 사무실로 급하게 달려갔다. 조
금 정신없기는 했지만, 그래도 어느 해보다 의미 있는 결
혼기념일을 보냈다는 생각으로 현관문을 열고 집에 들어
설 때였다.

"엄마, 우리 내일 아침에 케이크 먹자!"
"케이크?"
"응, 내일 아침이 엄마 아빠 결혼기념일이잖아. 동생이

2,000원 지원했고 나머지는 내가 용돈 좀 썼지."

"멋진데?"

아이들에게 무언가를 바란 적도 없고, 남편과 메시지를 주고받은 것도 없다. 우리가 선택한 시간을 받아들였고, 할 수 있는 것을 해내려고 노력했고, 찾아오지도 않는 것을 애써 찾아 나서지 않았다. 그 시간이 나이를 먹고 18년, 19년이 되었다. 둘째에게 2,000원을 지원받아 제일 예쁜 케이크를 준비했다는 첫째의 마음이 기특하고 고마웠다. 결혼기념일을 축하하는 케이크가 아니라, 결혼 그 자체를 축하해 주는 선물처럼 느껴졌다.

주변에서 결혼에 관해 물으면 나는 두 가지 이야기를 들려준다. 우선 결혼 또는 비혼으로 빨리 결론 내리지 않았으면 좋겠다고 말해 준다. 그런 다짐 자체가 하나의 형식이자 틀이라고 생각하기 때문이다. 어떤 식으로든 틀을 가지게 되면 나와 다른 생각이나 기준에 대해 비호의적일 수밖에 없다. 그러면 호기심이 생기거나 마음이 움직이려는 것을 막게 된다. 그런 까닭에 나는 결론 내리기를 최대한 미루라고 말해 준다. 다른 건 몰라도 결혼에 대해서만큼은. 물론 누군가 내게 결혼과 비혼 중에서 어떤 선택을 더 선호하는지 묻는다면 나의 대답은 결혼이다. 장밋빛 결혼 생활이 아니라 결혼이 선사하는 또 다른 형태의 애정과 평화, 배움에 대해 경험하기를 바라는 의미에서이다.

한 걸음 더 나아가 결혼은 물론, 아이를 낳아 보라고 얘기한다. 경제적인 측면을 고려하지 않는 열렬한 경험주의자의 의견으로 이해해 주면 좋겠다. 삶이 여행이라면, 나는 모든 관광지를 둘러보는 것이 좋다는 쪽이다. 단 한 번의 기회, 단 한 번의 삶 속에서 최대한 느끼고 경험하기를 희망하는 것이다. 나는 그렇게 느꼈던 것 같다. 아이를 낳는다는 것, 부모가 된다는 것은 또 다른 개체가 되는 것을 의미했고, 그것은 지금까지의 세상을 완전히 다른 각도에서 바라보게 만들었다.

솔직히 고백하면 결혼과 육아, 어느 것도 쉽지 않다.

어떤 선택이 더 나은지, 무엇을 포기해야 하는지, 열정을 유지해야 하는 것이 무엇인지 헷갈릴 때가 많다. 책임감을 요구하며, 의무만으로 가득 채워진 것처럼 보이기도 한다. 하지만 그런 날만 존재하지는 않는다. 생각지도 못한 케이크를 받는, 팥 주머니를 데워 배에 올려 주는, 발 마사지를 받다가 나도 모르게 잠이 드는 선물 같은 날이 찾아오는 것도 분명한 사실이다.

다투기도 하고 마음을 나누기도 하면서 결혼 생활의 비결과 상관없이 항해를 이어 나가고 있다. 결혼은 새로운 상황이고, 새로운 설정이며, 새로운 관계다. 그래서 새로운 방식이 필요하다. 상대를 설득하기보다 나를 설득하는 방식으로 어떤 원칙을 강요하기보다 우리만의 방식을 만들어 보고 있다. 결혼은 그런 것 같다. 혼자여도 좋지만, 둘이라서 더 좋은 이유를 찾아야 하는 퍼즐 맞추기 게임 같다.

회복하다

"한 사람의 필생의 일을 살펴보면 그가 어떤 사람인지 총체적으로 알 수 있지. 에릭. 후회란 건 인생이 기대에 어긋나거나 열심히 시도해 보지 못한 꿈이 남아 있을 때만 하는 거야. 헌데 난 내 뜻대로 삶을 살았고, 바라던 것보다 많은 일을 이뤘잖아. 안 그래?"

"그럼 선생님은 행복하고 만족한 상태로 떠나실 수 있단 말씀이세요?"

"잠깐 쓰러져 보니 죽는 게 썩 행복한 일은 아니더군. 그래도 내가 살아온 삶에는 그럭저럭 만족. 내가 했던 일이나 하지 못한 일 중에서 특별히 후회되는 일은 없어."

갑자기 쓰러졌을 때 어떤 후회도 없었냐는 제자의 질문

에 대한 하워드 교수의 대답이다. 처음 「하워드의 선물」을 만났을 때, 그들의 대화에 공감하지 못했다. 당시만 해도 가능성보다는 위험을 제거하는 일에 더 열심이었다. 후회하지 않을 선택보다 그런 선택지가 나에게 주어진다는 것이 오히려 두려운 사람이었다. 그러니 하워드 교수의 조언이 귀에 들어올 리 만무했다. 우주의 어느 세계를 얘기하는 것 같았고, 그들은 가까이하기엔 너무 멀리 떨어진 당신이었다. 당연히 후회 없는 삶을 고민하는 두 번째 과정은 생겨나지 않았다.

몇 년 후 독서 모임에서 함께 읽을 책을 찾다가 「하워드의 선물」을 다시 만나게 되었다. 어느 정도 시간이 흘렀고, 위험을 제거하려고 안간힘을 쓰던 사람이 가능성을 향해 조금씩 고개를 내밀기 시작할 때였다. 지나치게 위축되어 있던 가슴도 조금씩 평평해지고 있었다. 「하워드의 선물」, 예전에 읽었을 때와는 전혀 다른 느낌이었다. 완전히 새로운 책을 읽는 기분이었다. 그들의 이야기가 아니라 나의 이야기였고, 에릭을 위한 조언이 아닌 나를 향한 조언처럼 들려왔다. 마지막 페이지를 덮을 때, 나는 다른 차원의 문을 두드리고 있었다.

"아는 만큼 보이는구나."

"알지 못한다는 것이 슬픈 일이 될 수도 있겠구나."

"거기에 없었던 것이 아니라 내가 발견하지 못했던 거였구나."

책을 읽을 때의 마음가짐을 나누면 크게 두 가지다. 변화와 유지. 방향이든 속도가 되었든 더하거나 빼기 위해 읽거나 또는 지금의 마음가짐이나 상태를 유지하기 위해 책을 읽는다. 그런 관점에서 「하워드의 선물」은 위로와 용기를 동시에 선사하는 책이었다. 삶이 메시지가 되도록 힘쓰라는 조언은 명료했고, 불안이 던지는 목소리에서 위험을 하나씩 해체해 보라는 의견에는 신뢰감이 묻어났다. 옛것에서 쓸만한 알맹이를 취해 새롭고 더 흥미로운 것으로 만들어 보라는 제안은 훌륭했다. 미래의 밑그림을 어디에서 시작하면 좋을지 에릭이 하워드 교수에게 물었을 때 그는 이렇게 대답한다.

"인생의 마지막 장면에서부터 시작해야지."

유레카, 역시 하워드 교수였다.

예측할 수 있는 상황이 찾아오는가 하면, 전혀 뜻밖의 일이 생겨 나기도 한다. 어딘가로 도망치고 싶다는 두려움에 사로잡힐 때도 있다. 그럴 때마다 나는 "지금 걸려 넘어진 그 자리가 당신의 전환점이다"라고 얘기한 하워드 교수를 떠올리며, 꼬일 대로 꼬인 생각과 마음이 차분해지기를 기다린다. '무엇'이 아니라 '어떻게'에 집중하며 불필요한 걱정과 두려움을 사그라지기를 기다린다. 그 방식으로 여기까지 왔다. 우왕좌왕하기는 했지만, 그때마다 나는 회복되었고, 회복한 후에는 그만큼 나아갈 수 있었다.

언젠가 오늘이 그리워질 시간이 올 거야

가까운 시일일지 아니면

조금 더 훗날일지 누구도 알 수 없어

오늘을 살아 누구를 만났는지

어떤 즐거움을 찾아냈는지

마음을 다한 것은 무엇이었는지

무엇을 느꼈는지 거기에 집중해 봐

삶은 치유하는 힘이 있어

누군가는 그걸 그리움이라고 부르지

어제 말고, 내일 말고 오늘을 노래해

너만의 악보를 만들어 봐

너만 부를 수 있는 노래를 불러 봐

듣는 사람이 너 하나뿐이라도 괜찮아

이미 네 삶이 모든 것을 들었잖아

너의 노래를 만들어

삶이 너에게 기회를 주었고

너의 노래는 선물이 될 거야

돕다

지금으로부터 이십 년 전, 어쩌면 그 이전일 수 있다. 막냇동생이 고등학교 3학년이었다. 당시 부모님 모두 일을 다니셨고, 나는 대학생이라는 신분 덕분에 공식적으로 제법 여유 있는 시간을 보내고 있었다.

어쩌다가 막냇동생의 영어 단어 외우기를 지원하고 나섰다. 부모님을 위해서든, 동생을 위해서든, 혹은 백수처럼 보이는 나를 위해서든 움직임이 필요해 보였다. 영어 단어 외우기였는데 말이 지원이었지 거의 협박에 가까웠다. 동생은 덩치도 나보다 훨씬 컸는데, 지금 생각해 봐도 참 신기하다. 겨우 네 살 많은 누나가 영어 단어를 외우지 않았다고 30㎝ 자로 손바닥을 때리는데 그걸 가만히 당하고 있었으니. 늦게 귀가한 엄마와 아빠는 딸이 동생의 손바닥을 때리는 소리에 잠깐 걱정에 잠겼지만 피곤한 몸을 이기지 못하셨다. 어쩌면 딸의 계획을 믿고 싶었는지도 모르겠다. 기억에서 완전히 잊고 있었던 일을 언젠가 막냇동생이 술자리에서 꺼냈다.

"그때 누나 덕분에, 누나가 나 때리면서 영어 단어 외우게 해서 나 영어 점수 올랐어. 그때 고마웠어."

"엄마, 중학교 1학년일 때 영어와 수학 두 군데를 다니면 내 인생이 너무 불쌍해."

이미 앞에서 얘기한 둘째와의 에피소드다. 조심스럽게 말을 건넸지만, 어느 때보다 크게 들렸다. 적당한 선행학습을 통해 학습 용량을 키워야 하는 시기였고 공부 습관도 잡아야 했지만, 자신만의 시간을 확보하고 싶다는 간절한 고백이 매력적으로 느껴졌다. 마음 한편에서 불쌍하다는 생각이 든 것도 사실이다.

'1학년 때 놀지, 또 언제 놀 수 있겠어?'

그렇게 둘째는 영어 학원을 1년 쉬었다. 덕분에 2학년이 된 요즘, 누구보다 분주하고 바쁜 시간을 보내고 있다. 힘든 기색이 역력해 보이지만, 불만을 토로하기보다 적응하기 위해 노력하는 모습이 대견하다.

어쩌다 보니 영어 단어와 관련해 몇 가지 추억을 갖게 되었다. 모두 거창한 계획으로 시작했던 것이 아니었다. 뭐라도 해야 할 것 같았고, 뭐라도 해 주고 싶다는 마음이 전부였다. 시간이 흐르고 나면 둘째와 함께 영어 단어를 외웠다는 사실도 잊게 될 것이다. 막냇동생의 손바닥을 때려 가며 영어 단어를 외우게 한 사건을 잊었던 것처럼. 잊는다는 것은 자연스러운 현상이라고 생각한다. 그래서 아쉽거나 안타깝지는 않다. 그저 일련의 노력이 그들의 삶을 풍성하게 만드는 일에 조금이라도 도움이 되기를 바랄 뿐이다.

도움, 돕는다는 게 무엇일까. 사전은 '남이 하는 일이 잘되도록 거들거나 힘을 보탠다'라고 정의한다. 꿈보다 해몽이라고 했던가. 나는 이렇게 정의하고 싶다.

내가 잘하는 것보다 일이 잘되게 하는 것이며, 나에게 이득이 있는 게 아니라 상대에게 이득이 생기는 것이며, 도움을 주는 게 아니라 마음을 주는 것이라고.

여행하다

바람의 흐름이 바뀌고 삶의 방향을 바꾸는 위대한 일이 생겨나지는 않지만, 적당한 시기의 적절한 여행은 생기를 되찾아 주는 일등 공신이다. 언제부터인가 '일상을 여행처럼, 여행을 일상처럼'이라는 해시태그를 사용하고 있다. 산이나 바다로 떠나는 것을 포함해 남편과 함께 하는 동네 마실, 야경이 좋은 카페에서 즐기는 커피 한 잔, 나아가 혼자 책을 읽는 것까지 나는 모든 것을 여행으로 분류한다.

나는 여행자이다. 평소 관리자가 되어 나의 시간을 간섭해 왔다면 그 순간만큼은 여행자가 되어 시간이 건네오는 목소리에 귀를 기울인다. 그러면 장소만 바뀐 게 아니라 내가 다른 사람이 된 것처럼 느껴진다.

여행을 조금 거창하게 생각했던 시절이 있다. 멋진 문장을 완성하고 마침표를 찍은 후에야 비로소 할 수 있는, 일상과 무관한 단어라고 여겼다. 무의식중에 여행은 이러해야 하고 어떤 것을 갖추어야 한다는 게 있었다. 그러다 보니 자연스럽게 여행은 조건문이었고, 미래형인 경우가 많았다. 하지만 근래 새롭게 분류한 기준을 보면 여행은 조건문도 아니고, 미래형은 더더욱 아니었다. '이래야 한다'라는 것도 불필요해 보였다. 내가 발견한 것은 (이미 누군가가 발견했겠지만) 단순하다. 여행자가 되기 위해 애써 뭔가를 하거나 준비할 필요가 없었다. 이미 우리는 여행자였다.

아주 우연히 태어났고, 기막힌 인연으로 관계를 맺었고, 조그만 사건이 층층이 쌓여 지금에 이르렀다. 여행이라고 설명할 수 없는 공간의 변화를 수시로 경험하면서 여기까지 왔다. 여행이라는 것이 그렇다. 불확실한 것들과 어색한 조우를 지속해 나가고, 그런 상황에 능숙하게 대처하는 방법을 익히는 과정이다. 두려워하며 물러날 것이 아니라 조금이라도 더 친숙해지기 위해 노력하는 것이 여행자의 삶이다.

계획을 세워 움직이고 예측할 수 있는 상황을 만들어내기 위해 노력하지만, 어느 순간 낭떠러지에 떠밀린다고 해도 전혀 이상하지 않은 것이 여행자의 삶이다. 일상이 여행이고, 여행이 일상인, 우리는 여행자이다.

여행자가 되기 위해
애써 뭔가를 하거나 준비할 필요가 없었다.
우리는 여행자이다.

일상이 여행이고,
여행이 일상인, 우리는 여행자이다.

죽다

"죽는 법을 모른다고 걱정하지 마라. 자연이 충분히 알아서 잘 가르쳐 줄 것이다. 그것 때문에 공연히 속 썩을 필요는 없다. 우리는 죽음에 대한 걱정으로 제대로 살지 못하고, 삶에 대한 걱정으로 제대로 죽지 못한다."

「나이듦과 죽음에 대하여」에 소개된 몽테뉴 「수상록」의 일부다. 나의 마음을 대신 전할 수 있는 명쾌한 문장을 발견할 때마다 저절로 고개를 떨구게 된다. 삶의 측면에서 죽음은 매력적인 소재가 되기 어렵다. 하지만 죽음의 측면에서 삶은 어느 것보다 매력적인 소재다. 똑같은 문제라도 '일상의 삶'일 때와 '죽음을 앞둔 삶'일 때를 비교하면 완전히 다른 결과를 가져온다. 앞이 보이지 않고 막막히던 느낌이 순식간에 사라지면서 모든 것이 분명하고 명확해진다.

언젠가 "나의 장례식장"이라는 제목으로 글을 쓴 적이 있다. 누가 시킨 것도 아닌데 어쩌다 죽음에 관해 쓰게 되었다. 나의 영정 사진이 한가운데에 놓여 있고, 늦은 오후 햇살이 창문을 뚫고 바닥에 그림을 그려 나가고 있었다. 두런두런 말소리가 들려오고, 하나라도 놓치고 싶지 않은 마음에 저절로 시선이 돌아갔다. 두고 가는 마음이 아쉬워 걸음을 옮기지 못했고, 눈물이 앞을 가렸다. 입안으로 짠맛이 느껴지자 그제야 옷깃으로 눈물을 훔쳤다. 너무 무심하게 살아온 시간에 대한 깨달음일 수도 있고, 지금 이 순간 살아 있다는 사실에 대한 감동일 수도 있다. 그날 밤, 나는 일기장에서 몇 줄의 낯선 질문을 만났다.

"나는 어떻게 죽고 싶을까?"
"나는 어떤 사람으로 기억되고 싶을까?"
"나는 무엇을 남기고 싶을까?"
"나는 어떤 삶을 살다가 떠나게 될까?"

그날의 질문이 내 삶을 송두리째 바꾼 것은 아니다. 하지만 많은 부분에 변화가 생긴 것이 사실이다. 우선순위라는 개념이 생겨났고, 선택과 집중의 필요성을 인식했으며, 내가 떠난 후에 남게 될 것들에 대해 고민하기 시작했다. 다시 말해 '죽음'에 대한 의견을 갖게 된 것이다.

　이번에 글을 쓰면서 '죽다'라는 동사를 두고 고민이 깊었다. 과연 「내가 좋아하는 동사들」이라는 제목과 일치하느냐에 의문이 생겼기 때문이다. 대답은 '결코 아니다'였다. 나는 죽음을 좋아하지 않는다. 하지만 언급할 필요는 있어 보였다. 그것이 이번 글이 등장하게 된 배경이다. 내가 발견한 죽음은 삶의 끝이 아니었다. 죽음의 언어와 삶의 언어는 다르지 않았다. 그들은 똑같은 목소리를 내고 있었고, 똑같은 곳을 향하고 있었다. 그리고 너무 멀지도, 너무 가깝지도 않았다.

　"오늘을 살아라. 지금 이 순간을 최대로 살아라."

진지하게

일상은 진지하게, 마흔여덟 번째 봄을 시작하는 마음이 딱 저러하다.

'진지충'이라는 표현이 불편할 수 있겠지만, 삶에 대한 나의 기본적인 출발점은 '진지'다. 고유함을 되찾는 과정에서 발견한 단어였고, 역동성을 유지하기 위해 습득한 단어였다. 무슨 일이든 반복적으로 수행하면 방향성이 생기는 것 같다. 진지한 사람이 되겠다고 다짐한 것도 아닌데, 일상의 많은 부분이 진지함을 향하고 있었다. 물론 겉으로 드러내기 위함도 아니고, 누군가에게 강요하기 위함도 아니었다. 오로지 나의 내면에서 일어난 변화로, 논의의 대상은 언제나 나였고 그때마다 나는 순응적이었다. 누군가에게 설명할 이유가 없었기에 편안함을 느낄 정도였다.

일상은 진지하게, 나만의 유전자를 만들어 내고 싶다는 욕구의 결정판이라고 표현해도 무방하다.

"엄마는 계획으로 시작해서 계획으로 끝나는 ENFJ 중에서 극단의 J일 거야."

언젠가 첫째에게 들은 말이다. 인정한다. 나는 계획을 세우고 그것을 관리하는 방식으로 이상과 현실 사이를 오가고 있다. 계획을 세워 나를 최대한 편안한 상태에 놓이게 한 후, 진지함을 발휘해 적극적으로 매달리는 사람이다. 많은 일을 해내고 싶다는 마음보다 하나라도 제대로 해내고 싶기 때문이다. 그렇다고 모든 시간을 일로 채우지는 않는다. 1시간 단위로 업무 계획을 세우는 날도 있지만, 즉흥적으로 보내겠다는 마음으로 어떤 계획도 세우지 않는 날도 있다. 핵심은 이것이다. 일을 하든, 하지 않든 창조자 또는 기여자가 되는 것이 나에겐 가장 중요하다.

그러나 사회적 존재로서 나는 조금 다르다. 앞의

진지함은 나와 내 인생에 대한 하나의 습관 같은 것이지, 타인과 그들의 삶에 관한 언급은 아니다. 누구나 개성적인 습관을 지니고 있다. 저마다 자신이 구축할 세계를 호기심 있게 바라보고 있음을 나는 잊지 않고 있다. 각자 고유함을 발견하고 역동성을 유지하기 위해 노력한다는 사실도 기억하고 있다. 그런 까닭에 내가 아닌 다른 사람의 이야기는 새로운 장르의 노래처럼 들려오면서, 그들이 구축하려는 세계에 호기심이 생겨난다. 비슷한 감정을 경험했다는 사실에 안도감을 느끼기도 하고, 용기를 발휘한 장면에서는 나도 모르게 가슴 한구석이 벅차오르기도 하는데, 요즘은 좋은 손님이 되고 싶다는 바람으로 유머 실력을 키우고 있다.

일상은 진지하게.

너무 거창해진 것 같다. 여전히 학습의 과정에 있음을 전하고 싶다. 나만의 방식을 고집하겠다는 것보다 강화할 부분은 강화하고, 불필요한 것은 내 몸에서 떼어 낼 생각이다. 방향성에 관한 논의가 끝났

다는 의미이지, 여전히 많은 부분이 가능성의 영역
으로 남아 있다.

지금까지 그랬던 것처럼 잘하고 싶은 것이 생겨나
면 진지하게 매달려 볼 생각이다. 방향성을 유지하
는 일이라면, 호의적인 태도를 유지하는 일에 도움
이 된다면, 더욱 적극적으로 진지해져 볼 생각이다.

PART 2

인생은
담대하게

추억하다

"엄마도 배고팠지?"

"응, 배고팠어."

"엄마도 한입 더 먹어."

"괜찮은데…. 음, 그럼 그럴까?"

"맛. 있. 다!"

장소와 시각을 확인하지 않으면 어디에서 연출된 모습인지 애매할 것 같다. 밤 12시. 독서실에서 돌아오는 길에 첫째와 함께 어묵국을 먹으면서 나눈 대화다. 하늘에 태양이 고개를 내밀고 있었다면, 롱패딩이 아닌 얇은 재킷을 걸치고 있었다면 제주도 어느 밤바다를 걷고 있었다고 해도 제법 근사했을 것 같다.

첫째가 어느 날엔가 독서실에 다니겠다고 말했다. 독서실에서 공부하니 집중이 더 잘 되는 것 같다고 했다. 나름 우리 집에서는 큰 사건이었다. 공부에 별다른 흥미를 보이지 않던 아이가 공부를 해 보겠다는 마음을 내보였으니 놀랄 수밖에. 특별한 사건이었다. 친구 따라 처음 가 본 독서실이 괜찮았던 모양이다. 평소 친구 따라 강남 가지 말라고 얘기하던 나였지만, 특별한 사건인 만큼 나 역시 특별한 사람이 되었다. 그리고 기말고사가 끝났다.

어느 때보다 열심히 시험 준비를 했지만 아쉬움이 가득한 얼굴이었다. 시험을 끝내고 며칠 쉬는 분위기였다. 그러다가 오후에 문자가 왔다. 독서실 기한이 만료되었는데 조금 더 다니면 안 되겠냐는 내용이었다. 집에 와서 다시 얘기를 나누기로 했고, 그날 밤 아이와 많은 생각을 교환했다. 먼 미래에 관한 이야기도 나누고, 당면한 문제에 관해서도 얘기를 나눴다. 생각했던 것보다 정교하고 세밀하게 상황을 설명하는 아이를 지켜보는데, 미처 알아차리지 못했던 부분이 있어 미안한 마음이 들기도 했다. 그러면서 생각했다.

'지금 필요한 것은 협력이고 연대겠구나.'
'지지하고 격려해 주는 누군가가 필요하겠구나.'
'우리가 한 팀이라는 것을 보여 주는 것이 중요하겠구나.'

믿는 마음으로 지켜보는 것이 가장 중요하다고 생각하니 별다른 고민은 생기지 않았다. 다만 협력과 연대를 위한, 아이가 한 팀이라는 것을 느낄 수 있는 프로세스가 필요해 보였다. 그래서 아주 단순하고 간결한 나만의 원칙을 정했다. 아이가 부르면 언제든 달려가는 엄마가 되자고, 언제든 기댈 수 있는 엄마가 되자고. 그날의 '어묵국'도 그 연장선이었다.

독서실에서 혼자 돌아오는 날이 있다. 가끔 요청하면 마중을 나가기도 하는데 배가 고프다는 얘기를 자주 했었다. 그래서 편의점에 들러 핫바를 사 먹기도 하고, 어떤 날에는 집에서 가져간 과자나 간식을 먹으면서 돌아오곤 했다. 그날은 집에 있던 어묵국을 보온병에 담아 갔다. 작은 숟가락을 챙기는 것도 잊지 않았다.

"있잖아. 겨울에 어디 여행 가면 꼭 길에서 어묵 사 먹잖아? 엄마가 나오려고 하는데 갑자기 그 생각이 나는 거 있지?"

"우리 법주사에서 걸어 나올 때도 어묵 먹었는데."

"기억나?"

"응. 그때 어묵 국물 진짜 맛있었어."

"그렇지? 음, 지금 독서실 마치고 집으로 간다고 생각하지 말고, 어디 여행 왔다가 숙소로 돌아간다고 한번 생각해 봐."

"어?"

"아니, 상상해 보라고."

"엄마…. 아무리 상상해도 그건 아닌 것 같은데?"

"그런가?"

"엄마도 배고팠지?"

"응, 배고팠어."

"엄마도 한입 더 먹어."

"괜찮은데⋯. 음, 그럼 그럴까?"

"맛. 있. 다!"

집으로 걸어오는 짧은 시간 동안 우리는 여행을 했다. 언제 그랬냐는 듯 훌쩍 지나갈 시간, 그리워질 이 시간에 추억이라는 이름표를 붙이면서.

매일 행복한 것은 아니지만, 매일 좋은 일이 가득한 것은 아니지만 행복이라는 단어를 떠올릴 만한 일을 하나라도 더 만들기 위해 마음을 다하고 있다. 이러한 작은 속삭임이 어떤 형태로 기억 창고에 보관될지 알 수 없다. 다만 언젠가 아이가 만들어 내는 어떤 문장 속에 자신과 한 팀이었던 엄마가 있었다는 사실에 기뻐했으면 좋겠다. 지지하고 격려해 주는 엄마, 적어도 그러려고 노력한 엄마로 남으면 좋겠다. 무엇보다 세상을 이해하는 일에 어려움이 생길 때 주저 없이 달려올 수 있는 엄마로 기억되면 더욱 좋겠다.

언젠가

아이가 만들어 내는 어떤 문장 속에서

자신과 한 팀이었던 엄마가 있었다는 사실에

기뻐했으면 좋겠다

경험하다

언제부터인가 '경험주의자'를 자처하고 있다. 그렇다고 나의 경험이 일관성을 가졌고, 어떤 성과물을 냈다는 의미는 아니다. 우연히 경험하게 된 것과 의도적으로 진행한 것이 뒤섞이면서 어느 정도의 방향성을 지니게 되었을 뿐이다. 나는 치밀하게 생각한 이후에 움직이는 것보다 몸으로 말하는 것이 편한 사람이다. 그 덕분이었다고 생각한다. 아무것도 하지 않은 날보다 뭐라도 하는 날이 많았고, 뭐라도 했기 때문에 하나라도 몸에 걸칠 수 있었고, 그 덕분에 '조금 더 나은 삶'을 고민할 수 있게 되었다.

경험한다는 것은 의식적인 행위다. 몸을 움직이거나 생각을 조절하며 어떤 행위에 참여하는 데는 의지가 필요하다. 살아가는 것 자체가 경험이라고 생각한다. '나'라는 사람을 경험하고, '나의 인생'을 경험한다고 해도 틀린 말이 아니다. 그런 상황에서 필요한 만큼의 경험만 하겠다는 사람이 있고, 적극적으로 경험에 매달리는 사람이 있다. 나는 후자에 가깝다. 가능하다면 적극적으로 경험해 보자는 쪽이다. 늘 성공적이지는 않았지만, 성과가 없다고 해서 생각이 바뀌지는 않았다. 언제 그랬냐는 듯, 원하는 것이 생겨나면 본능적으로 발을 내밀었다.

"삶이 더 잘 안다."

마이클 A. 싱어의 책 「될 일은 된다」에 나오는 문장이다. 처음 저 문장을 만났을 때가 기억난다. 두렵게 느껴진다거나 불안을 안겨 준다는 느낌보다 어디에서도 발견할 수 없었던 안온함이 느껴졌다. 삶에 대한 신뢰감을 유지하며 더욱더 적극적으로 경험주의자가 되라고 부추기는 것 같았다. 가끔 내부와 외부 세계가 사소한 문제를 일으킬 수 있겠지만, 전체적으로 조화를 이룰 거라는 확신으로 가득해 보였다.

그의 내맡기기 실험에 동참해 볼 생각이다. 내맡기기 실험이란 의지 없이 넋 놓고 사는 것이 아니라 '삶에서 자연스럽게 일어나는 사건들이 나를 어디로 데려가는지 최선을 다해 지켜보는 것'을 의미한다. 그는 내맡기기 실험의 결과를 경이롭다는 말로도 부족하다고 했다. 진지한 태도로 실험에 참여해 볼 생각이다. 하나하나가 우주가 내게 보내는 신호라는 말을 기억하면서.

들여다보다

둘째가 준비물을 챙겨 가지 않았다. 정확하게 표현하면 부모님 사인을 받은 신청서를 가져가지 않았다. 오늘까지 가져가야 한다는 얘기에 급하게 확인해서 책상 위에 올려 두었는데, 신기하게도 가방만 가지고 나갔다. 아주 눈에 잘 띄는 곳에 두었는데, 어떻게 그게 눈에 띄지 않았는지 정말 신기할 뿐이었다. 그런데 문제는 그다음이었다. 가슴 밑바닥에 있던 답답함이 고개를 내밀기 시작했다.

'어떻게 이걸 놓칠 수 있지?'
'이렇게 무심하게 생활해도 괜찮을까?'
'놓치는 것이 많아도 문제가 없을까?'
방을 나오면서 아리송한 표정으로 혼잣말을 했던 모양

이다. 출근 준비를 하던 남편이 무슨 일이 있는지 물었다. 나도 모르게 상황을 장황하게 늘어놓기 시작했고, 한참 이야기를 듣고 있던 남편이 말했다.

"그럴 수 있어. 또 지금은 방법이 없잖아. 이렇게 해서 배우겠지. 학교에서 직접 문제를 해결하든지, 아니면 도움을 요청하든지."

남편의 평범한 말은 현실이 되었다. 그날 저녁 학교에서 돌아온 아이에게 물어보았다. 신청서를 가져가지 않아 혼나지 않았는지, 해결은 했는지. 아이의 말은 더 평범하고 심심했다.

"오늘까지 내라고 해서 부모님 모두 찬성한다고 선생님께 말씀드리고 종이 한 장 얻어서 내가 사인해서 제출했어. 거의 비슷하게 해서 적었어."

경험으로 살펴보면 인간은 감정의 동물이다. 이성의 동물이라고 말하고 싶지만, 감정이라는 코끼리에 올라탄

기수라는 비유가 참으로 적절해 보인다. 도대체 감정은 어떤 녀석일까. 가만히 들여다보면 감정이 만들어지는 과정은 상당히 과학적이다. 감정은 저절로 생겨나지 않는다. 감정은 생각과 협력한다. 감정은 의견과 동맹 관계다. 그러니까 어떻게 생각하고 있었느냐, 어떤 의견을 가지고 있었느냐에 따라 다른 감정을 드러낸다. 감정은 몸을 숨긴 채 이성(理性)의 그늘 아래에 숨어 있다. 이성이 감정에 영향을 주고, 감정이 말과 행동에 영향을 주고, 말과 행동이 결국 삶에 영향력 발휘하는 방식으로 자신의 존재감을 증명하고 있었다.

이러한 사실을 알아차린 후부터 어떤 감정이 올라오면 마음속으로 '일시 멈춤'을 외친다. 그러고는 한 걸음 물러나 지금 느끼는 감정이 무엇인지, 근원이 무엇인지, 어떤 생각과 의견이 지금의 감정과 협력하고 있는지 살펴본다. 그런 다음 감정을 판단하기보다 감정을 따를 것인지 아니면 감정이 가라앉기를 기다릴 것인지 선택한다. 그러면 대부분 많은 것이 '그럴 수도 있지'가 되었고, 그게 허락되지 않는 경우에는 최대한 정중하게 감정을 표현할 방법을 찾았다.

가만히 생각해보면 우리는 감정을 다루는 방법에 대해서 제대로 배운 적이 없다. 이분법적으로 이해했고 수동적으로 받아들였다. 즐거움, 기쁨과 같은 감정은 좋은 것으로 우울, 분노, 슬픔과 같은 것은 나쁜 것으로 여겼다. 특히 나쁜 감정은 드러내지 않는 것이 미덕이라고 배웠다. 하지만 좋은 감정만 느끼며 살아가는 사람은 없다. 충돌이 생길 수밖에 없는데도 그럴 때마다 좋은 사람이 되지 못했다는 부끄러움과 그 모습을 밖으로 드러냈다는 수치심에 괴로워했다. 다른 사람은 모르겠지만 나는 그랬던 것 같다. 동전의 양면처럼, 빛과 그림자처럼 어떤 상황이든 동시성이 발현된다는 것을 미처 알지 못했다.

감정은 대부분 예상하지 않은 상황, 의도하지 않은 문제를 기반으로 하는 경우가 많다. 특히 나쁜 감정일 때 더욱 그랬다. 분명 그럴 만한 이유가 있고, 인과관계도 설명된다. 하지만 그렇다고 해서 감정을 여과 없이 드러내도 된다는 의미는 아니다. 감정을 느끼는 것과 감정을 표현하는 것은 다른 문제이다. 감정은 판단의 대상이 아니다. 옳고 그름이 없다. 그러므로 어떤 감정이 올라오면 감정을 인정해주는 것이 우선이다. 그런 다음 감정의 흐름을 따를 것인지, 감정이 차분해지기를 기다릴 것인지 선택하는 것이 중요하다.

그런 점에서 나는 마음이 편안해지는 쪽을 선택했던 것 같다. 주변에서는 긍정적인 사람이라 그런 선택을 했다고 말하지만, 어디까지 내 마음이 편안해지는 것이 중요했다. 크게 손해 본 적이 없다는 생각 때문인지 지금도 다르지 않다. 긍정적인 상황이나 긍정적인 감정을 경험하면 좋겠지만, 매번 그렇지는 않다. 그런 날에는 마음속으로 '일시 멈춤'이라고 외쳐 보자. 그리고는 어떤 감정이 나를 찾아왔는지, 어떤 생각과 의견이 감정에 개입되어 있는지 들여다보자. 아주 짧은 시간이지만 의외로 많은 것을 발견할 수 있을 것이다.

감정은 판단의 대상이 아니다
옳고 그름이 없다

어떤 감정이 올라오면
감정을 인정해주는 것이 우선이다
그런 다음 감정의 흐름을 따를 것인지
감정이 차분해지기를 기다릴 것인지
선택하는 것이 중요하다

걷다

"걸으면서 무슨 생각 하세요?"

걷는 것을 좋아한다고 얘기할 때 종종 받았던 질문이다. 처음에는 당황했다. 걸으면서 무슨 생각을 했더라, 생각이라는 게 있었나, 금방 떠오르는 것이 없었다. 가장 먼저 나온 대답은 "아무 생각 없이 걷는 것 같은데요" 였다. 뭐라도 하고 싶다는 생각에 몸을 움직였고, 집에서 움직이는 것보다 이곳저곳 둘러보면서 걷고 싶었을 뿐이다. 걷다 보니 이왕 움직이는 거 다이어트에 도움이 되면 좋겠다는 생각에 파워워킹을 하기도 했고, 몸이 무거운 날에는 어슬렁거리듯 천천히 걸었다. 정말 아무 생각 없이 걸었다.

그러다가 정확하게 무슨 일이었는지는 기억나지 않지만, 잠시 걷고 싶다는 말과 함께 길을 나서는 이유에 대해 생각할 기회가 생겼다. 나는 왜 걸으려고 하는 걸까. 다른 것도 아니고 왜 걷기를 선택할까. 그러면서 알게 되었다. 뭔가 주체적으로 할 수 있는 것이 없다는 생각이 밀려올 때, 나는 옷가지를 챙겨 밖으로 나왔다. 답답함을 해소하고 몸에 생기를 불어넣고 싶다는 마음으로, 마치 길을 나서면 해결책이 있다고 믿는 사람처럼 말이다.

그랬다. 나는 아무 생각 없이 걸었던 게 아니었다. 걷기는 단순한 움직임이 아니라 목적을 가진 행위였다. 내게는 무언가를 받아들이거나 포기하거나 혹은 새로운 가능성을 모색하는 명상의 시간, 창조의 시간이었다. 보통 명상을 하거나 사색에 잠기려면 차분하고 조용한 장소를 떠올리는데, 신기하게도 걷는 동안 나는 비슷한 경험을 했다. 주변의 풍경이나 소리가 방해되지 않았고, 한 걸음씩 내디딜 때마다 균형 감각이 되살아나는 기분이었다.

물론 동행이 있을 때는 분위기가 달라진다. 균형 감각이 되살아나고 적극적인 에너지가 솟아나는 것은 비슷하지만 집중하는 대상이 달라진다. 내 마음의 목소리에 집중하기보다는 상대방의 목소리에 귀를 기울이면서 관계의 힘을 경험한다. 하지만 기본적으로 고요함과 평온함을 공유하는 까닭에 동행이 생기면 즐거운 마음으로 따라나선다. 내게 중요한 것은 걷는다는 행위 그 자체이기 때문이다.

"걸으면서 무슨 생각 하세요?"

누군가 다시 내게 질문해 온다면 이제는 조금 다른 대답을 내놓을 것 같다. 예전보다는 조금 더 성실하고 디테일한 대답이 나올 것 같다.

"아무 생각 없이 걸을 때가 많아요. 하지만 어떤 생각을 만나기 위해 걷기도 하고, 어떤 것을 얻기 위해 걷기도 하고, 또 어떤 것을 버리기 위해 걷기도 해요. 뭐라도 하고 싶어 걸을 때도 있고, 어떤 것도 하고 싶지 않아 걷기도 해요. 생각하고 싶어서 걸을 때도 있고, 생각하기 싫어서 걸을 때도 있어요. 그러니까 무엇을 위해 걷는다기보다 걸으면서 무엇이라도 하는 것 같아요."

무엇을 위해 걷는다기보다

걸으면서 무엇이라도 하는 것 같다

해결하다

머릿속에는 항상 두 개의 세계가 공존했다. 마땅히 해야 한다고 생각하면서도 '굳이 왜?'를 떠올렸고, '괜찮아'라는 말을 내뱉으면서도 '괜찮지 않은 이유'를 찾는 게 어렵지 않았다. 하나의 생각을 고집하고 싶지만, 조금만 방심하면 다른 목소리가 모습을 드러내며 마음을 흔들었다. 마음에 관한 것도 그랬고 관계에 관한 것도 그랬다. 나는 내가 이상한 사람이라고 생각했다.

난감한 상황을 해결하기 위해 내가 가장 먼저 시도한 방법은 '밀어 넣기'였다. 책에서 읽은 것이든, 누군가에게서 발견한 좋은 모습이든 일단 그 안으로 나를 밀어 넣었다. 그러고는 다그쳤다. 읽고 배운 대로 해 보라고, 얼른 그들과 똑같은 모습을 가지라고. 가장 확실하고 완벽한 방법이라고 생각했다. 하지만 예상은 보기 좋게 빗나갔다. 일상의 시나리오는 책의 목차와 달랐다. 훨씬 다이내믹했고, 예상과 달리 아주 더디게 진행되었다. 한결같은 마음을 유지하는 것은 어려운 일이었다. 처음 의도와 달리 시간이 흐를수록 괴리감이 느껴졌고, 오히려 나에게 문제가 있다는 생각을 더 자주, 많이 하게 되었다.

다음으로 찾은 방법은 '외면하기'였다. 애써 몸을 담그고 있는 것보다 오히려 외면하는 게 더 쉬워 보였다. 그것도 방법이라면 방법이었다. 나에게 문제가 있는 게 아니라 상황 자체에 문제가 있다고 여기는 편이 훨씬 안전하게 느껴졌다. 정면으로 마주치지 않는 것이 평온한 일상을 되찾는 방법이라 여겼고, 어떤 날에는 상황을 잘 통제하고 있다는 느낌마저 들 정도였다. 하지만 이 방법도 오래가지 못했다. 원하지 않는 방식으로 비슷한 상황에 노출되는 일이 잦아지면서 '너는 왜 자꾸 도망칠 궁리부터 해?'라는 의문이 생겨났기 때문이다.

내가 찾은 마지막 방법은 '열어 두기'다. 완전히 물러난 것도 아니고, 적극적으로 매달리지도 않는 관찰자 시점이 되는 것이다. 억지로 맞추려고 하지 않고, 어떻게 하면 도망갈까 궁리하지 않는다. 상황을 제대로 이해하는 것이 먼저라는 생각으로 어떤 상황인지 알아내기 위해 공을 들이고, 그런 다음 내가 할 수 있는 일인지 그렇지 않은 일인지 구분하는 시간을 가진다. 물러나든, 매달리든 그 이후에 행동해도 늦지 않다는 것을 알게 되었기 때문이다.

당분간 관찰자 시점을 유지해 볼 생각이다. 운이 좋으면 머릿속의 두 세계가 화합을 이뤄 낼 것이고, 그게 아니라면 혁신에 가까운 네 번째 방법을 찾게 되지 않을까?

경청하다

나는 말하기를 좋아하는 사람이었다. 전하고자 하는 말이 다르게 전달되었다 싶으면 달려가 '그게 아니고요'라는 말을 덧붙였다. 오해받는 것을 싫어했고 노력이 부정당하는 상황이 불편했다. 어떤 식으로든 바로잡기를 원했고, 의도가 제대로 전달되었는지 확인해야 했다. 듣기보다 말하기, 공감하기보다 이해받기가 먼저였다. '그러지 말아야지'라는 생각과 달리 항상 말이 몇 초 빨랐다. 거기에 겁 많은 사람이 완벽함을 추구하다 보니 매사 전전긍긍할 수밖에 없었다.

마음먹은 것과 행동하는 것 사이의 격차를 줄이기 위해 내가 기울인 노력은 '쓰기'였다. 하고 싶은 말을 종이에 옮겼고, 표현하고 싶은 것을 마음껏 표현했다. 들어주는 사람이 없다는 것은 문제가 되지 않았다. 내면세계는 차분해졌고, 갈등은 저절로 해소되었다. 그러면서 어느 정도의 공간이 생겨났고, 그때부터는 '읽기'에 집중했다. 개념을 이해하는 것을 넘어 신체 활동으로 이어질 단어를 찾았던 것 같다. 배움이라고 해도 좋고, 실천이라고 해도 무방하다. 그때 경청을 만났다.

경청은 정성이 필요한 일이었다. 그리고 처음부터 경청도 아니었다. 우선은 '잘 듣자'였다. 섣부르게 판단하지 말고, 마음대로 넘겨짚지 않으면서 잘 듣는 것을 목표로 삼았다. 고백하면 잘 듣는 것을 경험할 기회는 셀 수 없이 많았지만 기쁨을 맛보기란 쉽지 않았다. '듣는 것이 원래 이렇게 어려운 것이었나' 하는 의구심이 들 정도였다. 하지만 의구심이 생겨날 때마다 머리를 흔들며 혼자 속삭였다.

'딴생각하지 말고, 일단 얘기에 집중하라니까.'

몇 달을 보냈다. 아니 몇 년의 시간을 그렇게 보냈다. 감사하게도 요즘은 '얘기에 집중하라니까'라는 속삭임이 거의 들려오지 않는다. 다른 이유나 목적이 있다거나 머릿속으로 계산을 하는 것도 아니다. 이야기에 푹 빠져 시간이 얼마나 흘렀는지 모를 때가 많다. 물리적인 공간과 상관없이 시간을 공유하고, 마음을 주고받는데 그때는 마치 낯선 세상에 둘만 존재하는 것처럼 느껴진다.

나는 경청이라는 단어보다 '잘 듣자'라는 말이 좋다. 경청은 매력적인 단어지만 조금 일방적인 느낌이다. 그에 비하면 '잘 듣자'라는 말에는 뭔가 인간적인 냄새가 풍긴다. 좋아한다는 말이 능숙하다는 것을 의미하지는 않는다. 조금 수월해졌지만 잘 듣는 사람이 되기 위한 노력은 여전하다. 소리만 잘 듣는 사람이 되지 않기 위한, 감정과 생각을 알아차리는 사람이 되기 위한 귓속 탐구생활은 오늘도 계속되고 있다.

남기다

　윤슬, 한국문인협회에 가입하면서 만든 필명이다. '김수영'이라는 본명을 가진 사람이 너무 많아 필명을 제안 받았고, 며칠 동안 국어사전과 인터넷을 오가며 찾아낸 필명이다. '햇빛이나 달빛을 받아 반짝이는 잔물결'이라는 의미를 지닌 순우리말, 윤슬. 내가 살고 싶은 삶과 닮아 있었다. 이제는 하나의 고유명사가 되어, 나를 설명하는 또 다른 이름이 되었다. 작년에 지인으로부터 '윤슬'이라고 새겨진 만년필을 선물 받았을 때 기분이 묘했다. 윤슬로 살아온 시간을 따로 떼어 수정 구슬을 통해 바라보는 기분이었다.

　윤슬이라는 필명과 함께 많은 시도를 했다. 몇 권의 책을 출간하고, 교육학 공부를 시작한 것도 윤슬이라는 필명을 가진 이후의 일이다. 친구와 함께 작은 공간을 오픈한 것, 사업자 등록을 하고 일을 시작한 것, 독서 모임과 글쓰기, 책 쓰기 강의를 진행하는 것도 모두 윤슬과 함께였다. 그러니까 '일단 한번 해 보자'라는 마음으로 시작한 일에는 늘 윤슬이 있었다.

윤슬. 이유를 설명하기는 어렵지만, 든든한 기둥이 되어 내가 시도하려는 모든 것을 아낌없이 후원해 주고 있다. 예기치 못한 일이 생기거나 정당성을 확보하기 위해 방황했던 날도 있지만, 잘 될 거라며 호의적인 태도를 유지할 수 있도록 도와주었다. 윤슬이 제일 잘하는 말은 이것이다.

"한번 해 봐. 무슨 방법이 생길 거야."

삶이 내게 던지는 질문을 윤슬과 함께 해결해 보고 있다. 윤슬은 '할 수 있어'라는 말과 함께 일단 한번 해 보라고 나를 부추긴다. 마치 대가리에 잉크를 묻힌 사람은 되지 말라고 조언하는 조르바 같다. 그 덕분에 배움이 몸 안으로 흘러들어와 또다시 흘러나가는 운동가의 삶을 흉내 낼 수 있었다. '이길 수 있는 것'이 아니라 '남겨 줄 수 있는 것'에 집중하라는 조언은 탁월했다. 나를 여기에 있게 만든 원동력이었다고 해도 과언이 아닐 것 같다.

만년필을 건네면서 종이에 사인해 보라고 했다. 멋진 사인이 아닌 동글동글한 글씨체의 윤슬이라는 글자가 보였다. 고마운 마음에 다시 한번 또박또박 윤슬이라고 적었다. 내 눈에는 윤슬이 아니라 용기로 보였고, 시도라고 읽혔다. '지금 어디로 가고 있니?'라고 묻는 것 같기도 했다.

행동하다

니체가 묻는다.

"우리가 완수해야 할 시련이 얼마인고?"

도스토옙스키가 대답한다.

"실천적 삶은 중노동이다."

니체와 도스토옙스키의 대화에 감히 끼어들 엄두를 내지 못했다. 그들의 언어는 나와 달랐다. 날카롭고 정교했다. 두루뭉술한 것을 좋아하던 내게 세밀한 터치를 강조하며, 귀중한 것을 놓치고 살아간다는 느낌을 자주 갖게 했다. 단순한 언어의 차이가 아니었다. 그들은 세상이 아니라 삶을 묘사하길 즐겼고, 인류가 아니라 인간을 얘기했으며, 그들에게 삶은 의심의 대상이 아니라 인내의 대상이었다.

도다 도모히로는 「내가 일하는 이유」에서 "글쓰기를 좋아하시냐?"라는 질문에 "네"라고 선뜻 대답하기 어렵다면서도 "이 일을 안 하면 못 살 것 같아요"라고 대답한다. 그러면서 자신의 행동을 설명하는 말을 덧붙인다.

"자신에게 맞는 일을 찾는 데에만 집중한 탓에 지금 하고 있는 일이 나와 맞는지 아닌지 확인하기도 전에 직장을 바꾸는 사람도 있다. 그 일이 나에게 맞는지 확인하기 위해 충분한 노력을 기울이지 않는 것이다. 그런 사람에게는 좋은 인내를 갖추라고 조언하고 싶다. 요컨대 좋은 인내와 나쁜 인내를 잘 구분하는 것이 중요하다."

도다 도모히로에게서 니체와 도스토옙스키를 떠올리는 것은 어렵지 않았다. 누구를 위해서라는 표현은 없지만, 인내라는 단어를 적절히 배치해 근사한 분위기를 연출했고, 실천적 삶에 집중하라는 메시지는 다르지 않았다. 살아간다는 것은 행동한다는 것과 동의어이며, 삶은 그럴듯한 문장 뒤로 숨는 행위로는 결코 완성할 수 없다는 것을 이미 알고 있었다.

세상이 아니라 삶을 묘사하기 위해 힘쓰고 있으며, 인류가 아니라 인간을 얘기하기 위해 노력 중이며, 의심의 대상이 아니라 인내의 대상이라는 시선을 유지하기 위해 마음을 다하고 있다. 거창하게 내가 완수해야 할 시련이 얼마인지, 실천적 삶을 실천하고 있는지 따지지 않을 생각이다. 좋은 인내를 발휘하고 있는지, 그럴듯한 문장 뒤에 숨지 않았는지 그 정도만 둘러보면서 살아가 볼 생각이다.

발견하다

생일 며칠 전부터 친정엄마에게 계속 전화가 걸려 왔다.

"소고기는 샀어?"

"미역은 있어?"

급기야 생일 전날, 최종 점검 전화가 걸려 왔다.

"내일 아침에 바쁘니까 저녁에 미역국 끓여 놓으면 편해. 저녁에 끓여서 내일 꼭 챙겨 먹어."

"가스 조심하고."

오십을 앞둔 딸에게 가스를 조심해야 한다고 당부하는 엄마. 미역과 소고기가 있는지 살펴보고 미리 준비해 놓으라는 엄마. 결혼한 지 이십 년이 다 되어가는데도 미역국 끓이는 방법을 설명하는 엄마.

　나는 48년째 '엄마의 딸'이고, 엄마는 48년째 '나의 엄마'이다.

　결혼하기 전, 엄마는 생일이면 미역국에 생선 몇 마리와 잡채를 꼭 준비했다. 지금도 기억나는 초등학교 6학년 생일상. 자개농이라고 불리는 장롱 앞에서 잔칫상에 버금가는 생일상을 받았고, 엄마는 기념 촬영을 해 주었다. 남는 건 사진뿐이라고 했던가. 정말 남는 건 사진밖에 없었다. 그 사진이 없었다면 그렇게 분에 넘치는 생일상을 받았다는 사실을 완벽하게 잊고 살았을 것이다. 어떤 감정은 느껴지는데 그게 무엇인지 설명할 수 없는 그런 상태로. 남아 있는 사진 덕분에 그날의 감정과 장면을 고스란히 챙겨 올 수 있었고, 나의 과거가 어떠했는지 조금 예측되었다.

　엄마는 울산에 있지 않고 대구에서 떨어져 살아갈 딸이

걱정스러웠던 모양이다. 결혼 초에는 미역국을 끓여 냉동실에 얼려 두었다가 친정에 갈 때마다 챙겨 주었다. 엄마의 시간에는 항상 내 생일이 존재했던 걸까. 생일이 한 달 남았든, 일주일 남았든 냉장고에는 나의 미역국이 언제나 준비되어 있었다.

"며칠 있으면 생일이잖아. 이거 해동만 해서 먹으면 되니까 가져가. 알겠지?"

미역국만 받아온 게 아니었다. 엄마의 냉장고는 엄마만의 냉장고가 아니었다. 가자미, 고등어, 조기까지 생선 몇 마리는 기본이었고, 멸치볶음과 양념해 놓은 갈비, 잘라 놓은 버섯, 떡까지 다양한 메뉴가 항상 준비되어 있었다. 가끔 일을 보러 혼자 울산에 내려가기도 했는데, 짐이 많은 것 같다 싶으면 엄마는 양손 가득 짐 보따리를 들고 함께 대구행 버스에 올랐다. 집에 도착해 가져온 것을 냉장고에 넣고 여기저기 눈에 띄는 곳을 청소해 준 후, 다음 날 급한 일이라도 있는 사람처럼 부리나케 울산으로 내려갔다.

엄마라는 존재는 그런 사람 같다. 어떤 기준이라는 것이 없어 보인다. '굳이'라고 여겨지는 일을 아무렇지도 않게 '그냥' 해내는 사람 같다. 언제부터인가 엄마라는 이들이 다르게 보이기 시작했다. 내가 엄마라고 불리기 시작하면서부터 더욱 그렇게 된 것 같다. 생일이라고 불리는 날에 어떤 일이 일어났는지, 어떤 대화와 행동이 오갔으며 어떤 마음으로 그날을 기다렸는지 알게 되었기 때문일 것이다.

생일은 달력에 있는 많은 숫자 중 하나가 아니었다. 생일은 '숫자'가 아니라 '문'이었다. 간절한 마음으로 기다리는 새로운 세계를 향한 입구였다. 생일에 대한 인식이 달라진 후, 나의 생일과 남편의 생일날 아침 풍경이 달라졌다. 생일날 아침 또는 저녁에 울산이나 경주에 전화를 드린다. 그러고는 제법 시간이 흘러 이제는 기억에서 가물가물해진, 간절한 기다림이 결실을 본, 나와 남편에게 생일이 생긴 그날의 고마움을 표현한다.

"엄마, 나 낳는다고 고생 많았지? 아침에 미역국 챙겨
먹었어?"
"어머님, 아들 낳는다고 고생 많으셨죠? 미역국은 챙겨
드셨어요?"

생일, 여태껏 '내 생일'인 줄 알고 살아왔다. 아니었다.
내 생일이기도 했지만, 엄마의 생일이기도 했고, 아버지
의 생일이기도 했다. 그러니까 내 생일이 아니라 '우리의
생일'이었던 것이다. 생일, 인생의 비밀을 풀 수 있는 단
서라는 생각이 든다. '내가 이곳에 어떻게 올 수 있었을
까?'라는 질문의 대답은 놀라움 그 자체다. 나의 생일에
는 어떤 차별화된 전략이나 의도 같은 것은 없었다. 순전
히 우연의 결과였다. 기적에 가까운 일이 나를 찾아왔고,
비슷한 기적이 계속된 덕분에 지금 여기에서 오늘과 인
생을 얘기할 수 있게 되었을 뿐이다. 이쯤 되니 경이롭다
는 말이 입에서 저절로 터져 나온다.

항상 순탄한 것도 아니었고, 늘 불행한 것도 아니었던 수많은 날을 지내 왔다. 평온한 마음으로 이 글을 쓰고 있다는 사실에 감사함이 밀려든다. 비록 오늘이 생일날 아침은 아니지만, 그날처럼 느껴진다. 내 생일이 아니라 우리의 생일을 축하하며 부모님과 함께 케이크의 촛불도 끄고, 미역국을 끓여 맛있는 아침을 먹고 싶다. 내가 처음 고개를 내민 날, 하나의 문을 닫으면서 또 다른 문을 열었던 우리의 날, 그날을 온전하게 되살려 보고 싶다.

나의 생일에는
어떤 차별화된 전략이나 의도 같은 것은 없었다
순전히 우연의 결과였다

기적에 가까운 일이 나를 찾아왔고,
비슷한 기적이 계속된 덕분에
지금 여기에서
오늘과 인생을 얘기할 수 있게 되었을 뿐이다

감사하다

조금 오래된 일이다. 글쓰기 관련 문의가 왔는데, 서울에 살고 있다면서 대구에 올 일이 있을 때 한번 만나고 싶다고 했다. 그렇게 두 번 정도 만났다. 서울에 글쓰기를 하는 곳도 많은데 일부러 대구까지 찾아와 준 것이 그저 고마웠다. 특별한 것을 전해 주고 싶었지만, 딱히 줄 만한 것이 없었던 그런 시절이었다.

두 번 모두 동대구역에 있는 카페에서 만났다. 첫 만남과 달리 두 번째로 만났을 때는 한결 밝아진 모습이었다. 차분하게 이야기를 이어 나가면서도 뿌듯함을 경험한 일을 전할 때는 입가에 미소가 번졌고 얼굴이 붉어졌다. 예전보다 자신감이 가득해 보였다. 시간을 내어 일부러 나를 찾아 주었다는 사실이 고마울 뿐이었다. 새롭게 시작한 일과 앞으로 해 보고 싶은 것에 대해 서로 소식을 전하고 있을 때였다.

"작가님 덕분에 삶을 바라보는 태도가 조금 바뀐 것 같아요."

"네?"

"생각이 바뀌었다는 말이 정확할 것 같아요. 저도 나중에 작가님처럼 누군가에게 은인 같은 사람이 되고 싶어요. 제가 귀찮게 했을 텐데도 이야기 들어주시고, 이렇게 시간 내서 의견도 나눠 주시고…. 작가님과 얘기하다 보면 마음이 편안해지면서 어떤 느낌 같은 게 생겨요. 나도할 수 있을 것 같은, 하면 된다는 그런 느낌."

"그건 진심이에요. 하면 되고, 할 수 있어요. 진짜로. 그리고 도움이 된다고 얘기해 주셔서 저도 정말 고맙고, 감사해요. 부끄럽기는 하지만, 이런 이야기 들으면 사명감 같은 게 느껴져요. 지금처럼 살아가면 되겠구나. 그러면서 힘이 나요."

"그동안 어떤 상황을 기다리기만 했던 것 같아요. 좋은 상황, 할 수 있는 상황이 따로 있을 거라고 믿었던 것 같아요. 그때 작가님이 다이어리 보여 주시면서 그랬잖아요. 오늘을 잘 보내는 게 결국 인생을 잘 보내는 거라고, 잘하고 싶은 것이 있으면 그걸 잘하기 위해 노력할 것을 다이어리에 적고 실천해 보라고. 지금도 가끔 그때 보여 준 작가님 다이어리가 생각나요. 성실, 노력, 끈기라는 말이 그보다 더 현실적으로 와닿은 적이 없었거든요. 작가님, 그 이야기 기억하시죠? 제가 바람처럼 빨리 갈 수 있으면 좋겠다고 하니까 '저는 황소걸음으로 천 리 가려고 해요'라고 얘기하셨잖아요. 그때 '아!' 했어요."

"그날 생각을 바꿨어요. 그때부터 저도 이렇게 말하고 다녀요. '저는 황소걸음으로 천 리 가려고 해요'라고. 웃기죠? 바람처럼 빨리 가겠다는 생각은 버렸어요. 작가님처럼 천천히 가 보려고요."

"진심으로 응원해요. 중간에 바뀔 수도 있어요. 그러면 또 그 일을 열심히 하면 된다고 생각해요. 늘 다짐해요. 어제보다 딱 한 걸음만 앞으로 나가자고."

벌써 몇 년이 흘렀다. 다행이라고 해야 하나, 불행이라고 해야 하나. 그날 이후 우리는 만나지 못했다. 동대구역을 가면 그녀와 얘기를 나눴던 카페를 지나치게 된다. 그럴 때면 가끔 궁금해진다.

'잘 지내고 있을까? 해 보고 싶다던 일은 잘되고 있을까?'

'잘하고 있겠지. 그럴 거야. 분명.'

그녀는 모를 것이다. 아주 짧은 시간이었지만 그녀에게 얼마나 큰 선물을 받았는지, 얼마나 큰 힘을 얻었는지. 그리고 그 힘으로 오늘도 한 걸음 나아가려고 노력한다는 것을. 정말 그녀는 모를 것이다. 그녀를 만난 이후 더 많은 사람을 만났고, 더 많은 인연을 만들었고, 비슷한 말을 더 자주 듣게 되었다는 것을. 실로 내가 큰 빚을 지고 있다는 것을 그녀는 모를 것이다.

참여하다

"평생 배워야 한다."

나도 처음부터 이런 얘기를 하던 사람이 아니었다. 오히려 누군가가 저런 이야기를 하면 말도 안 되는 소리, 현실성 떨어지는 얘기로 치부했다.

당장 눈앞에 있는 일도 해결하지 못해 쩔쩔매는데, 밥먹고 살아가는 일을 해결할 시간도 부족한데, 지금도 충분히 벅찬 상황에서 무엇을 더 배우라고 얘기하느냐고 원망의 목소리를 높였다. 다른 사람은 내 마음을 절대 모를 거야, 저 사람은 내 입장이 안 돼 봐서 저런 말을 할수 있는 거야, 그런 생각을 했다. 어떻게 보면 독립적이었고, 또 어떻게 보면 고집스러웠다.

　하지만 본격적으로 인생 수업이 진행되면서 조금씩 생각에 변화가 찾아왔다. "지금 아는 것을 그때도 알았더라면"이라는 문장을 떠올릴 만한 일이 기다렸다는 듯 고개를 내밀었다. 몇 번의 과정을 반복하는 동안 나는 인생에 정답이 따로 있는 것은 아니지만 어떤 규칙 같은 것이 존재한다는 깨달음을 얻게 되었다. 예를 들어 이런 것들이다.

　"배움은 끝이 없다."
　"일어날 일은 일어나게 되어 있다."
　"단 하나의 조건으로 만들어진 결과는 없다."
　"모르는 것이 자랑이 될 수 없다."
　"부정적인 표현을 좋아하는 사람은 없다."
　"한 번에 되는 일은 없다."
　"재능보다 노력이 더 중요하다."
　"누구나 자기 자신이 가장 소중하다."

변화는 거기에서 끝나지 않았다. 한 걸음 더 나아가 '원망하고 싶은 마음'의 뿌리를 발견하는 수확도 있었다. 다른 사람은 모르겠지만, 나는 자유를 갈구하는 동시에 자유에 대한 책임으로 꼭 그만큼의 불안을 느끼는 사람이 있다. 그러다 보니 불안을 감당하는 것이 숙제였다. 그래서 두리번거렸다. 나의 불안을 감당해 줄, 두려움을 떠안아 줄 대상이나 사람을 찾기 위해. 그랬다. 원망하고 싶은 마음의 뿌리에는 불안이 숨어 있었던 것이다. 무언가를 원했기 때문에 불안이 생겨났고, 결과로부터 자유로워지고 싶어 불안을 이용했던 것이다.

자기 자신을 위해 뭔가를 선택하고 몸을 움직이는 것은 권리이자 의무라고 생각한다. 지금까지의 경험에만 의지하지 말고 새로운 경험, 익숙하지 않은 것을 향해 몸을 움직여 보았으면 좋겠다. 분명 불안이 찾아올 것이다. 내가 그랬던 것처럼 말이다. 그 순간이 어떤 것을 깨닫기 위한 과정이라고 얘기하려니 조심스럽다.

하지만 그래도 당부하고 싶다. 원망할 대상을 찾아다니지 말고 불안을 받아들이라고, 나를 고집하기보다 나의 이해와 확장을 넓힌다는 마음으로 인생 수업에 참여해 보라고, 삶에 대해 누구보다 적극적으로 참여하는 사람이 되어 보라고 얘기해주고 싶다.

공감하다

　코로나로 인해 추석 풍경이 달라졌다. 추석날 오전에 어른들께 인사만 드리고 왔다는 분, 가족이 모이지 않고 개인적으로 시간을 보내기 결정했다는 분, 겹치지 않게 각기 다른 시간에 고향에 다녀왔다는 분, 평소와 다름없는 명절을 보내고 왔다는 분, 내년 추석부터는 음식을 하나씩 준비해 같이 점심을 먹기로 했다는 분까지. 이러다가 제사가 사라지는 것 아니냐는 걱정을 뒤로한 채 다양한 변화가 일어나고 있음이 느껴졌다.

　어른들은 세상이 변했다고, 소중한 가치가 지켜지지 않게 되었다고 아쉬움을 토로한다. 본래의 것이 그대로 흔들림 없이 지켜지기를 희망하는 것이다. 하지만 옳고 그름의 문제로 접근할 것이 아니라 공존과 상생의 관점에서 바라볼 필요가 있어 보인다. 나 역시 제사가 본래의 취지를 살리지 못한다는 느낌을 여러 번 받았다. 돌아가신 분과의 추억을 떠올리거나 가족이 둘러앉아 서로의 안부를 묻기보다 의식과 절차로 가득한 느낌이었다. 젊은 친구들이 제사의 본질에 의문을 제기할 때 마냥 불편하게만 바라볼 일은 아닌 것 같다. 지금껏 당연하게 여기던 것이라 해도 형식과 절차를 강요하기보다는 너도 좋고 나도 좋은, 새로운 방식을 찾으려는 노력은 중요해 보인다.

경험이 부족한 것도 있겠지만, 무조건 자기가 옳다고 말하는 사람이 있다. 반면 일흔을 넘긴 나이에도 젊은 친구들의 생각을 배워야 한다고 말하는 사람도 있다. 누군가를 완벽하게 이해하거나 한 세대가 다른 세대를 온전하게 끌어안는 것은 쉬운 일이 아니다. 어떤 부분에서는 합의가 이뤄지더라도 어떤 부분에서는 정면충돌이 생겨날 수밖에 없다. 하지만 그렇다 해도 상황과 의견을 구분하고 자정 능력을 발휘해 지켜 갈 것과 회복해야 할 것, 버려도 되는 것을 분류해 봐야 한다. 궁극적으로 삶은 즐거운 것이고, 기쁨이 되어야 한다. 실험이라면 실험이고, 양보라면 양보이며, 노력이라면 노력이라고 할 수 있는 행위가 어느 때보다 절실해 보인다.

우리는 무리를 이루며 살아가고 있지만, 개인의 조합에 불과하다. 고유함을 지켜내야 한다고 강조하지만, 사회적 관계 없이는 존재를 확인하기 어렵다. 그러니까 모두 보이지 않는 연결 고리로 이어져 살고 있는 셈이다. 서로 다른 이름을 가졌지만, 유한함을 끌어안고 살아간다는 점에서 우리는 동등하다. 출발점은 여기라고 생각한다. 모두 저마다의 인생을 누구보다 열심히 살아가고 있다는 사실을 인식하는 것, 나는 그것을 '공감'이라 정의하고 싶다.

모두

저마다의 인생을

누구보다 열심히 살아가고 있다는 사실을

인식하는 것

나는 그것을 '공감'이라 정의하고 싶다

오해하다

'죽다'와 마찬가지로 「내가 좋아하는 동사들」이라는 제목에 어울리는 말인지 고민이 깊었다. 나는 '오해하다'를 좋아하지 않는다. 고백하면 오해하는 것을 포함해 오해받는 사람이 되고 싶지 않다. 그런 사람이 왜 '오해하다'를 소재로 글을 쓰려고 했을까 의문이 생길 것 같은데, 어떤 형식으로든 정리가 필요해 보였다.

'오해하다'를 떠올리면 가장 먼저 '억울함'이 생각난다. 전하고 싶은 대로 정확하게 전달되지 못할 때면 속상한 마음과 더불어 본래 의도와 다르게 전달되었다는 사실에 억울함이 생겨났다. 거기에 오해받을 만한 행동을 했다는 사실에 수치심이 느껴지면서 억울함은 두 배, 아니세 배가 되었다. 그런 날에는 오해를 풀기 위해서든 억울함을 달래기 위해서는 바쁘게 동분서주했다. 인과관계를 밝히고, 의도와 다르게 전달된 부분을 바로잡기 위해 몸과 마음을 쏟아부었다. 애쓴 덕분인지 많은 것이 제자리를 찾았지만, 노력에도 불구하고 끝내 오해로 남은 것도 몇 가지 있다.

반면, 내가 어떤 것을 오해하는 일은 많지 않았던 것 같다. 무엇보다 오해할 상황을 만들지 않기 위해 노력했다는 것이 정확한 표현 같다. 나는 이해되지 않거나 궁금한 것이 생기면 질문한다. 그리고 돌아온 대답에 대해 최대한 마음대로 상상하지 않기 위해 노력한다. 바라보는 방향이 다르면 생각이 다르고 의견이 다를 수밖에 없다. 출발 지점이 다르면 방향이 다를 수 있다. 나의 방향이 언제나 옳을 수는 없다. 그래서 내 것만 옳다고 고집하지 않기 위해 노력한다. 하지만 질문에 대해 아무 대답도 듣지 못하는 날도 있었고, 도무지 이해되지 않는 대답이 돌아오기도 했다. 그럴 때는 다시 질문했다. 재차 질문해도 대답이 없으면 관심이 없는 것으로 받아들였고, 도무지 이해되지 않는 것에 대해서는 이해되지 않는다고 마음을 전달했다.

그동안 여러 책을 읽었고, 다양한 해석을 가진 사람을 만났다. 탐구할 대상이 될 만한 것은 모두 내 삶의 연구 자료로 활용했다. 겉으로 드러나는 문제가 아니어도 개선의 여지가 필요해 보이면 교정하겠다는 마음으로 덤벼들었다. 고집스러운 모습이 보일 때면 다른 자료를 내밀어 협상 테이블에 나를 앉혔다. 그렇게 몇 년의 시간을 보냈다. 정리는 건설적으로 이뤄졌고, 결과는 긍정적이다. 요즘 내가 자주 하는 말만 보아도 변화를 실감할 정도다.

나는 "나는 왜 이렇게 힘들까?"라는 물음표를 던지지 않으려고 노력한다. 그보다 "내가 나를 힘들게 하는 가장 큰 범인이구나!"라는 느낌표를 더 자주 언급한다. '오해하다'에 대한 인식도 달라졌다. 나를 엄격하게 다루는 것에는 차이가 없지만, 노력이나 의지와 상관없이 오해받을 수 있는 상황이 생긴다는 것을 인지하게 되었다. 어떤 식으로든 오해받을 확률은 존재했고, 그것을 완벽하게 통제한다는 것은 불가능했다. 저절로 풀리는 오해가 있는가 하면, 시간이 필요한 오해도 존재했다.

그러면서 마음을 다르게 먹었다. 오해하지 않도록 최대한 노력하겠지만, 결과까지 내 몫으로 끌어들이지는 않겠다고 말이다. 이제 나는 오해받지 않는 사람이 되려고 애쓰지 않는다. 오히려 그보다 조금 더 자발적이고 능동적인 문장을 가슴에 품고 살아간다. 어떤 상황에 놓이든 최선의 노력을 다하겠다는 다짐의 메시지이면서 동시에 노력과 결과를 분리하겠다는 의지를 담은 문장이라고 할 수 있겠다. 그 말은 바로 이것이다.

"언제든 오해받을 수 있다."

준비하다

'다음 시작점을 좋은 곳에 두자.'

책을 읽을 때도 그렇고, 강의 자료를 만들거나 업무를 할 때 나만의 의식 같은 것이 있다. 리듬을 유지해 일을 잘 마무리하려고 애쓰기도 하지만, 마침표가 보이기 시작하면 다음 시작에 대해 생각한다. 그래서 다시 시작하려는 위치에 열정이 힘을 발휘할 수 있도록 약간의 장치를 마련해 둔다.

예를 들면 이런 식이다. 어느 정도 시간이 흘러 책을 그만 읽어야 할 때가 되면 가장 재미있어 보이는, 호기심이 느껴져 슬쩍 몇 페이지 넘겨 보고 싶은 지점에서 일부러 멈춘다. 독서법에 해당하지도 않을뿐더러 책을 좋아하게 만드는 비결이라고 할 수도 없는데 언제부터인가 그런 방식으로 책을 읽고 있다. 책을 읽는 행위에만 해당하는 것이 아니다. 초고를 쓸 때도 그렇고, 블로그나 브런치에 글을 쓸 때도 비슷하다. 정해 놓은 시간 혹은 분량만큼의 글을 쓰고 나면 마침표를 찍은 후 양다리를 걸치는 연인처럼 슬쩍 다음에 쓸 페이지에 실마리를 남겨 놓는다. 문장 형식일 때도 있고, 단어만 나열하기도 한다. 첫 줄이 주는 막막함에서 벗어나 문장이든 단어든 실마리를 붙잡고 출발하기를 바라는 마음으로 흔적을 남긴다.

강의 자료를 만들기 위해 파워포인트 작업을 할 때도 비슷하다. 끝까지 완성할 수 있으면 어떤 식으로든 완성하지만, 만약 시간이나 사정이 허락하지 않으면 페이지마다 키워드나 소재, 주제, 주요 내용을 간략하게 적어 놓는다. 전체적인 흐름을 파악하고 일관성을 유지하기 위한 목적도 있겠지만, 무엇보다 파워포인트를 펼쳤을 때 어디서부터 시작해야 할지 걱정만 하다가 시간을 보내지 않기 위함이다. 그 작은 힌트를 통해 조금이라도 심장 박동이 빨라지게 만들려는 나만의 의식 같은 것이라 할 수 있겠다.

나는 시작만큼이나 마무리를 중요하게 다룬다. 내게 마무리는 끝이 아니다. 마무리란 곧 무언가가 새롭게 시작된다는 의미이며, 새로운 차원으로의 이동을 의미한다. 오늘도 나는 좋은 마무리를 생각한다. 아니, 좋은 마무리가 만들어 낼 '좋은 시작'을 상상한다.

오늘도 나는 좋은 마무리를 생각한다

아니, 좋은 마무리가 만들어 낼

'좋은 시작'을 상상한다.

기여하다

"애기욕기생(愛之慾基生)"

공자의 말을 그의 제자들이 엮은 책 「논어」 안연편에 나오는 표현이다. 자장은 공자에게 덕을 숭상하는 것과 미혹됨을 분별하는 것에 대한 가르침을 요청한다. 이에 공자는 충성(忠)과 신의(信)로 의(義)를 실천하며, 덕(德)을 숭상해야 한다고 말한다. 그러면서 언급한 것이 '애지욕기생(愛之慾基生)'이다. 누군가를 좋아하면 그가 살기를 바라고, 미워하면 죽기를 바란다는 의미인데, 진실로 좋아하는 사람이 자신의 삶을 살아갈 수 있도록 도와주는 조건 없는 사랑, 관대한 포용, 지극한 정성을 뜻한다.

인생 책이라고 말하기도 하는 「논어」는 읽을 때마다 새로운 문장에 밑줄을 긋게 된다. 그때마다 필요한 해결책이 다른 것도 이유겠지만, 어느 한쪽으로 치우치지 않은 객관적인 시선이 필요할 때 이만한 책이 없다. 페이지를 넘기면서 마음이 닿는 곳에 멈췄다가 천천히 다음 페이지로 시선을 옮기다 보면 무슨 일이 있기라도 한 것처럼 마음이 차분해진다. 하지만 상황이나 문제와 상관없이 항상 머무는 곳이 있는데, 애지욕기생(愛之慾基生)이 그렇다. 잘 되기를 바라는 사람들이 생겨났고, 그들에게 조금이라도 도움이 되고 싶다는 마음이 가장 큰 이유일 것 같다.

집필 활동만 하다가 본격적으로 출판사 업무를 시작하면서 새롭게 관계를 맺은 사람이 많아졌다. 주로 저자들인데 마음속에 어떤 책을 쓰고 싶다는 생각만 가진 분도 있고, 이미 초고를 완성한 상태에서 만나기도 한다. 대략적인 가이드라인만 정해 놓고 어디에서 출발하면 좋을지 도움을 요청하기도 한다. 감사하게도 책 이전에 삶, 삶이전에 관계 형성이 먼저인 경우가 많은데 어느 정도의 시간이 흐르고 나면, 그때부터는 저자와 편집자가 아닌 '우리'가 되었다.

우리는 기둥을 잡고 씨실과 날실을 하나씩 쌓아 올린다. 저자는 자신의 스토리에 숨겨진 메시지를 찾아내기 위해 노력하고, 나는 저자가 구축한 세계를 빠뜨리는 것 하나 없이 글자로 옮기기 위해 최고의 노력을 기울인다. 지금 출판사 책장에 진열된 책은 모두 그런 과정을 거쳤다. 낮과 밤을 가리지 않고 진정성 있게 축조한 우리의 노력이 만든 결과다.

공저 쓰기 프로젝트든 혹은 개인 저서 준비든 우리로 활동하는 동안 내가 바라는 것은 저자들이 "앞으로 잘 살아갈 수 있을 것 같아!"라고 외치며 자신감을 회복하는 것이다. "생각보다 잘 살아왔네"에서 끝내는 것이 아니라 "앞으로 잘 살아갈 수 있을 것 같아!"라는 쪽으로 몸과 마음이 완전히 치우치기를 희망한다. 조금 더 욕심을 낸다면, 자신의 삶을 구원하는 것을 넘어 가족, 친구, 사랑하는 사람에게 선한 영향력을 발휘하는 사람이 되기를 희망한다. 나와 함께 경험한 우리가 '또 다른 우리'의 출발점이 될 수 있다면, 우리의 경험이 좋은 소재가 될 수 있다면, 그보다 멋진 일은 없을 것 같다.

집중하다

"왜 이렇게 된 거지?"

"일이 어쩌다가 이렇게 된 거야?"

"왜 원하는 대로 안 되는 거지?"

습관처럼 내뱉던 말에 처음으로 의문이 생겼다.

'이렇게 되어야 한다'는 명제를 어떤 근거로 완성했을까?

'이렇게 되면 안 되는 이유'는 무엇일까?

'원하는 대로 되어야 한다'는 생각은 상상일까? 실체일까?

똑같은 자리를 맴돌고 있다는 생각이 머릿속에 가득했
지만, 어떤 식으로든 마침표를 찍고 싶어 꼬리에 꼬리를 물고 계속 질문을 이어 나갔다. 상황은 금방 바뀌지 않았고, 불분명한 것이 한순간에 명확해지는 일도 생기지 않았다. 의문만 늘어났지 마음에 드는 대답 구하기는 어려웠다. 그래도 운이 좋았다고 생각한다. 질문에 대한 완벽한 대답은 찾지 못했지만 아주 중요한 사실을 발견할 수 있었으니까.

내가 찾아낸 단서는 아이러니하게도 '근거 없음'이었다. 어디에도 '내가 원하는 대로 이뤄져야 한다'라는 명제를 뒷받침할 근거는 없었다. 원하는 상황이 자신을 찾아왔다면 그건 감사할 일이지 당연한 것이 아니었다. 원하지 않는 상황이 찾아온 것도 그렇다. 원하지 않는 상황이 찾아온 것은 슬픈 일이지만 애초에 그것을 막을 수 있는 완벽한 방법은 없었다. 그러니까 어디에도 결과를 장담할 수 있는 인과관계는 존재하지 않았다. 단 하나의 조건으로 탄생하는 결과는 없었다. 신이 아닌 이상 결과를 예측하고 통제하겠다는 생각 자체가 무리였던 것이다.

이쯤 되니 '어떠한 일'을 바라보는 마음 자세가 달라졌다. 더 이상 결말이 궁금하지 않게 되었다. 예전에는 '이러해야 한다'라는 결말을 향해 정신없이 달렸다면 지금은 아니다. 고리타분하게 들리겠지만, 결말이 아니라 과정을 더 유심히 바라보게 되었다. 결과적으로 내 손에 쥐어지는 어떤 것보다, 과정을 이어 가는 동안 내가 느끼고, 배우고, 얻게 되는 것을 더 소중히 다루게 되었다.

아직 닿지도 않은 미래는 불확실한 것으로 가득하다. 불확실한 것을 가져와 굳이 성실함을 흔들 필요는 없어 보인다. 불확실한 것은 불확실한 세계에 남겨 놓고, 확실한 것에 집중력을 발휘하는 것이 현명한 선택이라고 생각한다.

철학하다

나는 첫째다. 맏이, 장녀로 태어났다. 사회가 부여해 놓은 역할을 그대로 받아들였다. 맏이는 어떠해야 하고, 장녀는 어떤 모습이어야 한다는 눈에 보이지도 않는 이미지를 상상하며 하나씩 하나씩 몸에 걸쳤다. 세상이 나를 위해 일부러 만든 것도 아닐 텐데, 그 모든 것은 나를 이루는 요소가 되었다. 세상은 언제나 옳고 문제는 항상 나에게 있는 것처럼 느껴졌다. 충돌이 불가피했지만 그렇다고 결과가 바뀌지는 않았다. 문화는 한순간에 바뀌지 않았다.

그런데 어느 순간부터 세상의 목소리보다 내 안의 목소리가 더 크게 들려오기 시작했다. 마음에는 호기심이 일어났고 생각은 마음을 따라나섰다. 그동안 의심 없이 받아들였던 것에 대해 하나씩 질문이 터져 나왔다. 세상은 언제나 옳은 선택을 했을까? 나의 역할은 누가 정한 것일까? 그보다 더 충격적인 질문은 따로 있었다.

'정말 나에게 문제가 있는 걸까?'
'지금의 상황이 이상한 것일까?'

내가 문제 있는 것인지, 질문을 가지는 것이 잘못된 것인지 확인할 필요가 있었다. 가장 먼저 시도한 일은 '관찰하기'였다. 나 자신이 문제라고 여겨지는 상황을 관찰하기 시작했다. 다른 이들은 모두 아무 문제 없는 듯 만족스러워하는 분위기였고, 따라서 나 자신을 너무 예민한 사람으로 결론지으면 그만인 상황이었다. 그런데 그 순간, 생각지도 못한 질문을 만났다.

"너는 괜찮니?"

나는 괜찮지 않았다. 불편한 표정이 역력했고, 원치 않는 상황이 벌어질 것을 염려하고 있었다. 다음을 걱정하고 있었고, 몇십 년 전으로 가 있기도 하고, 어떤 순간에는 몇십 년 후로 떠나 있었다. 아무리 봐도 누군가와 함께 있는 상황이 도움이 될 것 같지 않았다. 특별한 조치가 필요해 보였다. 준비도 되지 않은 상태에서 세상에 태어난 아기를 보호하는 것처럼 분리가 필요하다는 진단이 내려졌다.

일부러 약속을 만들지 않았다. 누군가를 붙잡고 마음을 호소하는 일도 줄여 나갔다. 손에 잡히는 대로 책을 읽어 내려갔지만, 밥맛을 일으키지는 못했다. 땅을 밟고 있지만 밟고 있다는 느낌을 온전히 누리지 못했다. 하지만 시간은 강했다. 혼자만의 시간은 수많은 질문을 건드렸고, 대답을 마련하기 위해 여러 방향으로 몸을 움직였다. 적극적으로 매달린 시간은 끈기를 낳았고, 시도하기를 멈추지 않았던 노력은 결국 의미를 탄생시켰다.

새롭게 얻게 된 것과 나를 이루고 있는 요소 사이에서 조화를 추구해 나가고 있다. 조금씩 앎의 범위가 확장되면서 삶에 귀를 기울이는 일이 한결 쉬워졌다. 질문이 의미로 넘어오는 과정을 지켜보는 동안, 내가 문화를 계승하는 것보다 창조하는 일에 더 매력을 느낀다는 사실도 알게 되었다. 그러면서 결심했다. 보이지도 않는 이미지에 나를 맞추기보다 원하는 이미지를 그려 놓고 그 길을 향해 걸음을 옮겨 보자고.

나는 '지(知)를 사랑하는 학문'이라 불리는 철학에 대한 깊이가 부족하다. 형태가 정확하게 그려지지 않은 가능성을 좋아하고, 무엇인가를 두고 깊이 생각하기를 즐기며, 어떻게 인식하는지 살펴보는 것을 좋아할 뿐이다. 괜찮지 않았던 것이 괜찮은 것으로 이동하고, 애매한 것이 명료한 것으로 모습을 바꾸는 순간을 자주 목격하게 되었을 뿐이다. 만약 이런 것을 철학이라는 울타리에 욱여넣을 수 있다면, 아무래도 나는 철학을 좋아한다고 고백해야 할 것 같다.

배우다

만나는 사람마다(특히 배움에 대한 갈망과 자아실현의 꿈이 있는 사람에게) 적극적으로 추천하는 책이 있다. 멤버의 추천을 받아 독서 모임에서 지정 도서로 진행했고, 모임 이후 여기저기 입소문을 내고 있다. 훌륭하다는 말로도 부족하다. 놀라움 그 자체인데, 바로 타라 웨스트오버의 「배움의 발견」이다.

'가족이란 어떤 존재일까?'

책을 읽는 내내 머릿속을 맴돌던 질문이다. 모르몬교 신자 아버지, 아버지를 거스르지 않는 엄마, 폭력적인 숀 오빠, 대학을 언급하며 가장 먼저 집을 떠난 타일러 오빠,

사고로 다친 루크 오빠, 타일러의 뒤를 이어 배움을 위해 집을 떠난 리처드 오빠, 안전한 울타리로 회귀한 오드리 언니, 경기 침체로 결국 아버지 곁으로 돌아온 토니 오빠 까지. 모두 타라의 가족이다. 하지만 그중 누군가는 타라의 가족으로 남았고, 누군가는 얼굴도 보지 않고 있다.

타라의 성과가 놀랍다. 열여섯 살이 될 때까지 학교에 가 본 적이 없던 아이가 학교에 입학하고 10년 만에 케임브리지 박사가 된 것은 놀라운 반전이었다. 하지만 케임브리지 박사 학위보다 더 존경스러운 것은 그녀의 가족과 삶이었다. 그녀의 가족은 신비주의에 가까웠고, 그녀의 삶은 비현실적이었다. 생존 본능이든 우연이든 타라는 아버지를 떠나 다른 세계로 들어갈 기회를 얻게 된다. 타라는 맨몸으로, 맨손으로 새로운 세상을 향한다.

아버지가 만든 세계에 살던 타라는 외부 세계와 교차점을 이루는 지점에 설 때마다 마찰을 피하지 못한다. 대혼란에 빠지고, 자신을 의심하고, 그때마다 자신이 떠나온 세계를 떠올린다. 비록 신체적으로 위협에 놓이기는 해도 정신적으로 평화로울 수 있었던, 어떤 의문도 갖지 않았던 시절을 그리워하면서 말이다. 아버지의 뜻에 따라 살고 손 오빠의 폭력적인 행동에서 좋은 의도를 찾으려고 노력하는 삶을 선택했다면, 타라는 가족을 잃지 않고 안전감을 느끼며 살 수 있었다. 그녀의 표현처럼 '항복하는 삶'을 살았다면 아버지의 뜻을 거스르지 않으려는 엄마를 그리워하며 매년 고향으로 순례 여행을 떠나는 일도 하지 않았을 것이다.

하지만 타라는 그렇게 하지 않았다. 자신에게 요구되는 대가를 각오하고, 감당해야 할 것이 있다면 감당하겠다는 마음으로 세상 속으로 자신을 밀어 넣었다. 아버지나 엄마, 오빠가 그려놓은 세계를 무작정 따르기보다 자신의 세계를 스스로 구축하겠다고 결심한 것이다. 그녀는 가족, 특히 아버지의 세계관과 맞서 싸워야 했고, 의견을 깨뜨려야 했고, 동시에 상처받은 자신을 치유하는 역할까지 수행해야 했다. 타라는 그 모든 순간을 기록으로 남겼고, 기록이 생명력을 부여받으면서 배움으로 이어졌다. 배움이 깊어질수록 상처도 깊어졌지만, 배움의 속도도 그만큼 빨라졌다.

가족이라는 세계를 떠나온 이후 10년, 타라에게 그 시간은 선생과 평화였다. 그녀는 아버지를 동정하고 엄마를 그리워한다. 하지만 자신들을 배신했다고 여기는 아버지와 엄마는 타라를 받아들이지 않고 있다. 차라리 소설이었다면, 그랬다면 연민을 발휘하며 우아하게 페이지를 넘길 수 있었을 것이다. 정글과도 같은 곳에서 살아남기 위해 노력한 주연 배우의 열연에 박수를 보냈을 것이다. 그렇지만 타라는 배우가 아니었다. 그녀는 나와 같은 시대를 살아가고 있는 현재였고, 누군가를 떠올리게 만드는 현실이었다.

"그 순간까지 그 열여섯 살 소녀는 늘 거기 있었다. 내가 겉으로 아무리 변한 듯했어도-내 학업 성적이 아무리 우수하고 내 겉모습이 아무리 많이 변했어도-나는 여전히 그 소녀였다. 좋게 봐 준다 해도 나는 두 사람이었고, 내 정신과 마음은 둘로 갈라져 있었다. 그 소녀가 늘 내 안에 있으면서, 아버지 집 문턱을 넘을 때마다 모습을 드러냈다. 그날 밤 나는 그 소녀를 불렀지만 그녀는 대답하지 않았다. 나를 떠난 것이다. 그 소녀는 거울 속에 머물렀다. 그 이후 내가 내린 결정들은 그 소녀는 내리지 않을 결정들이었다. 그것들은 변화한 사람, 새로운 자아가 내린 결정들이었다. 이 자아는 여러 이름으로 불릴 수 있을 것이다. 변신, 탈바꿈, 허위, 배신. 나는 그것을 교육이라고 부른다."

마지막 페이지에서 타라는 교육을 '변신, 탈바꿈, 허위, 배신'이라고 정의한다. 공감이 가고도 남았다. 배움을 발견하는 내내 배신을 마주해야 했던 타라는 삶을 변신시키고 탈바꿈하기 위해 치열하게 갈등했다. 배움을 통해 허위를 밝혀내고 진실에 가까워지기 위해 고군분투했던 그녀가 자신의 삶을 걸고 우리를 향해 조언한다. 상황이나 조건, 환경을 원망하는 방식을 멈추라고, 모든 것이 자신의 선택이며 결정이었다는 생각을 가지라고, 그렇게 해야만 거울 속 아이와 이별할 수 있다고, 그래야만 진정 새로운 자아를 만날 수 있다고.

10년이라는 시간, 10년간의 배움은 타라를 완전히 다른 사람으로 바꿔 놓았다. 변화만 이뤄낸 것이 아니라 정서적인 평화로움도 함께 선물 받은 것 같아 마음이 놓인다. 그녀가 원하는 것이 아버지와 엄마를 되찾는 것이라면 그렇게 되면 좋겠다. 하지만 그렇지 않을 가능성도 열어 둬야 할 것 같다. 아버지는 아버지의 뜻으로 살기를 원하고 엄마 역시 아버지의 뜻에 따라 살기를 바라는 한, 타라의 바람은 정말 바람으로 끝날 수도 있다. 변신, 탈바꿈, 허위, 배신의 방식을 선택하는 삶이 존재한다면 변신, 탈바꿈, 허위, 배신의 방식을 선택하지 않는 삶도 존재할 테니까.

「배움의 발견」을 추천하고 싶다. 중력의 힘을 거슬러 보고 싶다는 갈망을 가진 사람에게, 거울 속의 아이에게 작별을 고하고 싶은 사람에게, 배움이 선사하는 선물과 고통이 무엇인지 궁금한 사람에게, 자신의 삶에 대해 진짜 마니아가 되고 싶은 사람에게 타라와의 만남을 주선하고 싶다.

그녀의 성공 신화를 들어보라는 얘기가 아니다. 하나의 상실, 하나의 탄생, 하나의 세계를 제안하는 것이다.

가지다

나는 어떤 일에 행복해하고 만족감을 느끼는지, 그런 상황을 만들기 위해 어떤 노력을 기울이는지, 어떤 상황을 두려워하고 피하려고 하는지에 관한 데이터를 확보하는 과정에 누구보다 적극적인 사람이다. 가치 있다고 여기는 것에 가설을 세우고, 가설을 검증하는 과정을 반복적으로 수행하면서 나의 데이터를 수정, 변경하고 있다. 내게는 세상의 흐름을 이해할 수 있는 빅데이터도 중요하지만, 나를 이해할 수 있는 빅데이터를 가지는 것이 무엇보다 중요하다.

그래서 하는 말이다. 사회적으로 비난받을 만한 일이 아니라면 자신의 의견을 만드는 일에 시간을 쏟으면 좋겠다. 의견에 근거한 행동을 통해 신뢰감을 키우고 자존감을 높여 나가면 좋겠다. 항상 현명하고 좋은 의견을 만들어 내기는 어렵다. 자책하거나 부끄러움을 경험하는 의견을 가질 수도 있다. 하지만 한 번에 되는 일은 없다. 진화는 서서히 이뤄지고, 변화는 눈에 띄지 않는 시간을 견뎌 낸 사람에게 주어지는 선물 같은 것이다. 의견을 가진다는 것은 모든 것을 알고 있다는 의미도 아니고, 아는 것이 하나도 없다는 의미도 아니다. 고유함과 주체성을 향한 상징적 은유로 이해하면 좋을 것 같다.

나는 '나의 의견'을 높게 평가한다. 완벽한 의견이라는 의미가 아니라 여기까지 오는 과정의 시간과 노력에 대한 인정이다. 나는 그랬던 것 같다. 의견이 하나씩 쌓일 때마다 세상과 친분을 쌓을 명분이 늘어나는 기분이었다. 의견도 자연의 흐름을 거스르지 못한다. 의견은 만들어지고, 수정되고, 바뀔 수 있다. 아예 의견이 사라지는 일도 생겨난다. 중요한 것은 의견이 있느냐 없느냐다. 어떤 상황에서든 가장 먼저 자신에게 물어보았으면 좋겠다.

"너의 의견은 무엇이니?"

"너는 어떻게 생각해?

이루다

　고등부 독서교실 아이들과 함께 「코스모스」를 읽었다. 시험 기간과 방학이 겹치면서 완독하는 데 거의 4개월이 걸렸다. 목차에 따라 각자 읽을 영역을 나누고, 해당하는 날에 밑줄 그은 부분을 발표하는 방식으로 읽어 내려갔다. 잘 이해되는 부분도 있고, 끝내 이해되지 않은 채 다음을 약속하며 지나온 부분도 있다. 그렇게 우리는 마지막 페이지에 도달했고, 서로 격려하며 응원했다. 새로운 시도를 했다는 사실과 끝까지 포기하지 않았다는 것을 자축했다.

　"얘들아, 코스모스를 완벽하게 이해하기는 어려워. 선생님도 완벽하게 이해하지 못했어. 다만 앞으로도 읽고 또 읽을 거야. 이해가 넓어지도록 말이지. 사람들이 평생 꼭 한 번은 읽어 보고 싶다고 말하는 책 중 하나가 바로 「코스모스」란다. 우리는 그 책을 읽었고, 무엇보다 중요한 것은 경험을 맛보았다는 사실이야. 어렵게 보이는 일을 시도했고, 성과를 이루기 위해 세부적인 목표를 세웠으며, 한 걸음씩 몸을 움직여 결국 도달한 것이지. 너희는 열여덟 살, 앞으로 살아가다 보면 힘에 부치는, 과연 내가 해낼 수 있을까 싶은 과제를 만나게 될 거야. 그럴 때 기억해 냈으면 좋겠어. 원하는 것이 있을 때 가장 좋은 방법은 구체적인 계획을 세우고, 한 걸음씩 앞으로 나아가면 끝내 닿게 된다는 사실을. 이번에 우리가 함께 읽은 「코스모스」처럼 말이야."

수업을 마무리하면서 아이들에게 들려줬던 말이다. 아이들에게 「코스모스」를 제안한 것은 '이것이란다'라는 가르침보다 '이거 같은데'라는 경험을 갖게 해 주고 싶어서였다. 책의 내용이든, 책을 읽는 과정에서의 배움이든, 「코스모스」를 통해 내가 전하고 싶은 메시지가 연관성 있게 다가갔기를, 하나의 신호가 되었기를 희망해 본다.

당장 어떤 변화가 일어나지 않아도 괜찮다. 사실 인생이라는 게 그렇다. 금방 어떤 성과가 모습을 드러내기도 하지만, 저지대에 고여 있는지도 몰랐다가 불쑥 고개를 내미는 경우가 훨씬 더 많다. 즐거운 마음으로 기다려 볼 생각이다. 「코스모스」를 통해 우주적 관점에서 인류의 정체성을 확인했으니, 이제는 자신의 정체성을 찾는 일만 남았다. 진짜 코스모스는 지금부터 시작이다.

앞으로 살아가다 보면 힘에 부치는
과연 내가 해낼 수 있을까 싶은 과제를
만나게 될 거야
그럴 때 기억해 냈으면 좋겠어

원하는 것이 있을 때 가장 좋은 방법은
구체적인 계획을 세우고
한 걸음씩 앞으로 나아가면
끝내 닿게 된다는 사실을

퇴고하다

초고는 시작에 불과하다.

퇴고는 초고에 쓴 시간보다 몇 배의 노력과 시간이 필요하다. 그래서 처음에는 어떻게 하면 퇴고하는 시간을 줄일 수 있을까, 어떻게 하면 조금 더 미룰 수 있을까 의미 없는 엉뚱한 궁리를 하기도 했다. 하지만 방법이 없었다. 다른 생각 하지 말고 책상 앞에 앉아 거친 것은 부드러운 것으로, 애매한 것은 명확한 것으로 문장과 단어를 고쳐 나갈 수밖에 없었다. 지금껏 퇴고를 이어 오면서 완벽을 경험한 날은 없다. 오직 '마감'이 있고, 최고의 집중력이 요구될 뿐이었다.

퇴고에 대해 궁금해하는 사람이 많은 것 같다. 어디에서 시작해 어떤 순서로 진행하면 좋을지 묻는 경우가 많다. 여러 방식이 있겠지만 나는 숲에서 시작해 나무로 범위를 좁혀 가는 편이다. 전체적으로 먼저 다듬은 후, 세부적으로 하나씩 들춰 보는 방식이다. 예를 들어 글을 통해 전하고 싶은 주제가 무엇인지, 문단의 구성이 주제와 잘 연결되는지 먼저 살펴본다. 그런 다음 문단의 전개와 표현을 들여다보고, 마지막으로 문장과 단어를 점검한다. 진행 방식이 이렇다 보니 함께 글을 쓰는 사람들은 익히 알고 있다. 퇴고가 '고친다'가 아니라 '새로 쓴다'를 의미한다는 사실을.

퇴고를 진행하다 보면 초고를 쓸 때의 자신감이 흔적도 없이 사라지는 것을 여러 번 목격했다. 그럴 수밖에 없는 일이다. 나무를 연필로 만드는 작업이고, 흙으로 도자기를 빚는 과정이니 어렵게 느껴질 될 수밖에 없다. 의지가 요구되는 일이고, 정성이 필요한 일이다. 어쩌면 그렇기에 좌절감을 느끼더라도 다시 시작할 수 있는 것 같다.

두 번째는 더 나아지고, 세 번째는 두 번째보다 더 나아질 거라는 사실을 아는 까닭에.

초고를 쓸 때의 마음은 '넘침'이다. 뭔가 하고 싶은 말이 있을 때 글을 쓴다. 마음속에서 넘쳐나는 것을 표현하고 싶을 때 첫 줄을 시작한다. 하지만 어느 정도 시간이 흐르고 페이지가 쌓이면 지금 잘하고 있는 걸까, 하고 싶은 말은 이게 아니었는데 하며 자꾸 의문이 생겨난다. 무슨 뾰족한 수가 있으면 좋겠지만, 별다른 방법은 없다. 다시 첫 줄로 올라가 맥락을 확인하면서 한 줄씩 채워 내려오는 수밖에는. 퇴고는 이렇게 완성한 초고를 계속해서 다시 읽고, 또 읽으면서 고치는 과정이다. 그러다 보니 초고를 쓸 때보다 당연히 몇 배의 노력과 시간이 필요하다.

글을 쓴다는 것은 단순히 단어의 나열, 문장의 조합이 아니다. 하나의 세계를 정비하는 일이고, 때에 따라서는 새로운 세계를 구축하는 일이다. 자신감이 필요하고, 어느 때보다 용기를 발휘해야 한다. 특히 퇴고에는 그 힘이 두 배 이상 필요하다. 하지만 기억했으면 좋겠다. 퇴고를 통해 거친 글이 솜사탕처럼 부드러워진다는 것을, 엉성하던 글에 짜임새가 생겨난다는 것을. 열정적으로 완성한 초고에 성숙함을 더하고 싶다면, 퇴고는 필수이다.

·

소중하다

"엄마, 내 인생 영화 중 하나거든. 꼭 봐."

첫째의 제안에 주저 없이 넷플릭스를 켰다. 크리스마스라는 것도 이유가 될 것이고, 수업 없이 보내는 토요일의 느긋함을 끝까지 만끽하고 싶은 마음도 있었던 것 같다. 전체적으로 여유가 느껴지는, 어떤 형태로든 책임이나 부담에 노출되지 않은 밤에 나는 영화 〈어바웃 타임〉을 보았다.

어느 날 팀은 놀라운 사실을 알게 된다. 가문의 비밀을 알게 되는데, 바로 시간 여행을 할 수 있다는 것이다. 정확한 시간과 정확한 장소를 알고 있는 상태에서 어두운

곳(예를 들면 장롱 속)에 들어가 마음속으로 그곳을 떠올리면 타임머신을 탄 것처럼 과거로 되돌아갈 수 있었다. 물론 미래는 갈 수 없고 과거만 갈 수 있으며, 누군가를 죽이거나 사랑에 빠지게 만드는 것은 불가능했다. 그러다가 팀은 한 달간 자기 집에 머문 킷캣에게 마음을 빼앗긴다. 팀은 킷캣이 집을 떠나기 진날, 그녀의 방에 찾아가 고백한다. 그러자 킷캣이 대답한다. 마지막 날에 그 소식을 전해 줘서 안타깝다고, 조금 더 일찍 얘기해 줬으면 훨씬 좋았을 거라고. 팀은 자신의 사랑이 이뤄지기를 희망하며 과거로 향한다. 그러고는 다시 킷캣의 방문을 열고 마음을 고백한다. 킷캣이 대답한다. 너무 성급한 것 같다는 말과 함께 마지막 날에 다시 이야기를 나누자고.

과거로 여행할 수 있는 능력을 지녔다고 해서 사랑이 이뤄지는 것은 아니라는 사실을 깨달은 팀은 집을 떠난다. 자신의 사랑을 직접 찾아보기로 한다. 런던에 도착한 팀은 아버지의 친구이자 최고의 극작가인 해리 집에 머물며 변호사 생활을 시작한다. 그러다가 팀은 어떤 카페에서 운명의 여인 메리를 만나게 되고 사랑에 빠진다. 사랑을 놓칠 수 없다는 마음에 용기를 낸 팀은 그녀의 연락처를 받는다. 와우! 이렇게 멋진 날이.

그날 저녁, 인생 최고의 기쁨을 발견한 팀과 달리, 해리는 최악의 밤을 보내고 있었다. 배우가 무대에서 대사를 까먹는 말도 안 되는 기록을 남긴 것이다. 사실을 전해 들은 팀은 상실감에 빠진 해리를 위해 과거로 시간 여행을 떠난다. 대사를 잊은 배우를 위해 구석에서 대본을 보여 주며 위기를 모면하게 도와준다. 성황리에 무대가 마무리되고, 기쁜 마음을 가득 안은 채 팀은 메리를 만났던 카페로 향한다. 하지만 메리는 자리를 떠나고 없었다. 다행히 연락처를 받아 두었다는 생각에 휴대전화를 뒤적였지만, 어디에서도 메리의 연락처는 없었다. 해리를 위해 과거로 시간 여행을 하는 동안 운명의 여인을 만날 기회를 놓친 것이다. 팀은 어떻게 되었을까? 팀은 메리를 다시 만나 사랑을 이어 갈 수 있을까? 다행스럽게도 우리의 팀은 똑똑한 기억력을 가지고 있었고, 희미하지만 메리를 다시 만날 실마리를 발견한다. 그러고는 가느다란 실마리 하나에 모든 것을 걸고 메리를 찾아 나선다.

첫째가 왜 인생 영화라고 강조했는지 알 것 같았다. 평소 나와 코드가 비슷한 부분이 많다고 생각했는데, 이번에도 그런 것 같았다. 삶에 대해 진지한 모습을 잃지 않으려는 모습, 유머를 발휘하는 삶에 대한 동경까지. 첫째가 무엇을 생각하고 있으며, 어디를 바라보고 있는지, 어떤 마음으로 자신의 삶을 만들어 나가고 싶은지 알 것 같았다.

〈어바웃 타임〉

About time.

시간에 관해 이야기하기를 좋아한다. '인생 관리는 곧 시간 관리'라고 말할 정도다. 그렇다고 시간이 전부라는 의미는 아니다. 시간만큼이나 중요한 것이 마인드(mind)다. 그것도 이왕이면 긍정적이며 적극적인 마인드를 강조한다. 과거로 여행을 떠날 수 있는 마법사가 되었다는 것과 진실한 사랑을 얻는 것은 다른 차원이다. 어긋난 것을 바로잡기 위해서는, 놓친 것을 되돌리기 위해서는, 원하는 것을 얻기 위해서는, 마법에 기댈 게 아니라 긍정적이고 적극적인 마인드에 기대야 한다.

출판사를 시작하면서 처음 출간한 책이 「살자, 한번 살아본 것처럼」이었다. 평소 '만약 처음이 아니라 두 번째 살아보는 거라면 어땠을까'라는 생각을 자주 했다. 처음이 아니라 두 번째라면 어땠을까. 똑같을까, 다를까. 지금처럼 화를 낼까, 지금처럼 두려울까, 지금처럼 도망칠 궁리를 할까, 지금처럼 자책하고 괴롭힐까, 지금처럼 누군가를 원망할까, 여러 질문이 찾아들었다.

그러나 아무리 생각해 봐도 결론은 '그렇게 하지 않을 것 같다'였다. 호기심을 유지한 채 한 번도 상처받지 않은 사람처럼 다가갈 것 같았고, '그래, 그럴 수 있지'라며 느긋하게 바라볼 것 같았다. 누군가를 원망하기보다 해결할 방법을 찾기 위해 노력하면서, 완전히 결이 다른 선택을 할 것 같았다. 그 마음으로 완성한 문장이 '살자, 한 번 살아본 것처럼'이었고, 그 문장은 출판사의 첫 번째 책이 되었다.

"오늘이 그날이구나."

팀과 팀의 아버지는 마지막 시간 여행을 떠난다. 어린 시절의 팀과 조금 더 젊었던 팀의 아버지가 해변에서 함께 뛰어놀던 해변으로. 가문의 비밀 덕분에 자신에게 주어진 시간이 많지 않다는 것을 알게 된 팀의 아버지는 오십이 되었을 때 학생들 가르치는 것을 그만두고, 가족과 함께 시간을 보내는 삶을 선택한다. 과거에는 이해하기 어려웠던 아버지의 행동을 누구보다 잘 이해하게 된 팀에게 아버지는 마지막 과제를 준다. 하루를 살고, 똑같은 하루를 한 번 더 살아보라고. 팀은 아버지의 가르침을 실행에 옮겼고, 결국 그는 가르침을 넘어선다. 팀은 더는 시간 여행을 떠나지 않는다. 그는 알게 된 것이다. 첫 번째 삶과 두 번째 삶을 일치시킬 수 있다면 그것으로 충분하다는 것을.

좋은 곳에서 특별한 사람과 함께하는 순간의 기쁨보다 항상 달라붙어 있어 잘 깨닫지 못하는 일상의 반짝임에 수시로 입맞춤하고 있다. 이미 닫힌 문이 아니라 열려 있는 또 다른 문을 찾아보며 똑같은 날을 두 번째 사는 사람처럼 마음을 움직여 본다. 생각보다 잘 되는 날도 있지만, 그렇지 않은 날도 생겨난다. 그럴 때는 팀의 말을 떠올려 본다.

"인생은 모두가 함께하는 여행이다. 매일매일 사는 동안 … 우리가 할 수 있는 건 최선을 다해 이 멋진 여행을 만끽하는 것이다."

친절하다

은행에 볼일이 있어 잠시 들렸을 때의 일이다. 엘리베이터에서 층수를 누르고 문이 닫히기를 기다리고 있었다. 문이 닫히려는 순간, 빠른 걸음으로 달려오는 발소리가 들렸다. '잠시만요'라는 작은 목소리와 함께. 본능적으로 열림 버튼을 눌렀다. 나 역시 기다리는 시간 없이 같이 올라가기를 바라는 마음으로 '잠시만요'를 외쳤던 사람이었다. 무의식적이었고 자연스러웠다. 사소하다면 사소하고, 쉽다면 쉬운 일이었다.

"감사합니다."

"아니에요"라는 대답을 건네며 그녀와 함께 은행에 도

착했다. 멀리서 봐도 사람이 많아 보였다. 오늘도 제법 기다리겠구나 싶었다. 방문 등록을 끝내고 체온계로 열을 잰 다음 번호표 뽑는 기계 앞으로 갔다. 그때였다. 앞서 걸어가던 그녀가 자기 번호표를 내게 넘겨주더니 다음 번호표를 가져갔다.

"여기, 먼저 하세요."
"아니요, 괜찮은데…. 네, 감사합니다."

우리는 서로를 향해 옅은 미소를 지어 보이는 것으로 마음을 대신했다. 서로의 친절에 감사했고, 서로의 행복에 기여하는 시간을 가졌다. 자신의 행동에 뿌듯함을 느꼈고, 다정한 모습이라는 확신을 경험했다.

큰 친절, 대단한 친절, 착한 친절이라고 표현하지 않는다. 따뜻한 시선, 친근감이 느껴지는 말, 기회를 양보하는 것까지 모든 것이 친절에 해당한다. 친절을 어렵게 생각하지 않아도 될 것 같다. 만약 나였다면 어떤 말을 듣고 싶었을까, 나였다면 어떤 행동을 기대했을까를 떠올리면 금방 답을 얻을 수 있다. 거기까지만 도착하면 몸은 저절로 움직이게 되어 있다. 하지만 그래도 어렵게 느껴진다면 달라이 라마를 기억해 봐도 좋을 것 같다. 티베트 불교를 대표하는 그는 자신의 종교를 불교라고 말하지 않았다. 그는 예상보다 훨씬 친절한 사람이었다.

"나의 종교는 친절입니다."
– 달라이 라마

사랑하다

첫째가 올해 열여덟 살이다. '벌써 열여덟 살?'이라는 말이 저절로 나온다. 학원에 있는 시간이 많아지면서 귀가하는 시간도 늦어지고 있다. 하루 중에 아이의 얼굴을 볼 수 있는 시간이 얼마 되지 않는다. '별 보기 운동'이라는 표현처럼 새벽에 나가 밤중에 들어오는 날이 대부분이다. 둘째는 열다섯 살이다. 공공연히 '나 중2야!'라고 외치면서 사춘기를 자랑하듯 외치고 다닌다. 공식적으로 반항하는 것 같지는 않은데, 그렇다고 완벽하게 순응하는 것도 아니다. 그 덕분에 가끔 평정심을 유지하지 못하고 대혼란 상태에 빠지기도 한다.

'아이들이 나를 키운다'라는 말이 있다. 실제로도 그렇고, 상황을 곱씹어 봐도 그렇다. 육아는 수시로 나를 자기 점검의 상태에 놓이게 했다. 아이들이 어릴 때는 내 몸의 움직임이 민첩했는지, 마땅히 할 수 있는 행동을 거부하지는 않았는지를 고민했다. 하지만 조금씩 아이들이 자라면서 체크리스트가 달라졌다. 주로 생각의 유연함과 마음의 감수성을 요구하는 항목이 많아졌다. 최대한 가능성을 열어 놓고서 기다림을 실천해야 했고, 걱정을 걱정하지 않는 통찰력이 필요했다. 물론 그 여정은 지금도 진행형이다.

'시간이 아깝다'라는 말이 절로 나온다. 아이들과 함께 지낼 수 있는 시간이 그리 많지 않음이 현실적으로 다가오기 시작했다. 얼마 후면 첫째는 고등학교를 졸업한다. 곁에 있을 수도 있고 다른 곳에서 생활할 수도 있다. 둘째는 지금은 조금 여유가 있다지만 고등학교에 입학하는 순간 '별 보기 운동'에 동참하게 될 것이다. 그러면 함께 집에서 밥을 먹거나 새로 나온 영화를 추천해 준다거나 올림픽 소식을 나눌 일이 줄어들 것이다. 감정이 들쑥

날쑥하기는커녕 감정을 드러낼 기회 자체가 사라질 것이다. 몇 년 후의 모습을 상상하는 것만으로도 마음이 급해진다. 얼마나 사랑하는지, 얼마나 응원하는지 어떻게 하면 더 자세히, 더 많이 알려 줄 수 있을까 고민하게 된다.

나는 아이들을 항구에 묶어 둘 생각이 없다. 내가 경험한 세계를 설명하기보다 그 이상의 세계를 경험하고, 원하는 일을 해내기 위해 노력하면서 살아가라고 부추기고 있다. 시계는 앞으로 가지, 뒤로 가지 않는다. 아이들은 나의 시간을 반복하는 것이 아니라 자신들의 시간을 살아가야 한다. 그런 상황에서 이런 삶이 좋다, 저런 삶이 좋다는 말은 무의미해 보인다. 응원하는 사람이 곁에 있음을 알려 주는 것이 중요하고, 함께한 추억이 소중할 뿐이다.

기준이라는 것은 시대정신에 따라 달라질 수밖에 없다. 무엇을 보느냐, 어떻게 보느냐에 따라 변하기 마련이다. 하지만 아무리 시대가 변한다고 해도 달라지지 않는 것

이 있다. 바로 '사랑'이다. 사랑을 표현하는 것에 대해서
만큼은 흔들림 없이 지켜나가고 싶다. 작은 목소리로 속
삭이듯 전했던 말을 오늘은 종이에 옮겨 본다.

"사랑한다."
"사랑한다."
"사랑한다."

담대하게

나는 경험을 믿는다. 의미 있는 경험은 좋은 습관을 지니도록 도와주었고, 좋은 습관은 옳다고 여기는 방향으로 나의 삶을 이끌어 주었다.

지금은 아무렇지도 않게 얘기하지만, 내 기억 속에 남아 있는 경험은 실패작이 많다. 완전한 실패는 아니었지만 많은 것이 실패에 가까웠다. 그랬던 사람이 "그 모든 것은 실패가 아니라 경험이었다"라는 말을 하고 있으니, 대단한 변화가 아닐 수 없다.

나는 실패를 경험이라 부르고 싶다. 실패, 아니 경험을 통해 원하는 것이 무엇인지 조금씩 분명해졌다. 수많은 경험은 내가 진지한 사람이 될 수 있도록 도와주었고, 나만의 규칙을 세워 찬사나 비평에 일

희일비하지 않도록 힘을 보태 주었다. 나는 경험을 신뢰한다. 어떤 경험이든 쓰임이 있다고 믿는 사람이다. 그래서 경험이 내게 주려는 것이 무엇인지 놓치지 않기 위해 경험을 환대하고, 경험을 목격하고, 경험을 관찰하고, 경험을 기록해나가고 있다.

경험을 신뢰한다고 해서 두려움이 사라졌다는 의미는 아니다. 어떤 형태로든 두려움이 존재한다. 그리고 본능적으로 두려움이 감지되면 도망가고 싶다거나 외면하고 싶다는 충동에 사로잡힌다. 하지만 이제는 안다. 피한다고 해결되는 것은 없고, 외면한다고 달라지는 것이 없다는 사실을. 무엇보다 두려움 그 자체를 두려워해야 한다는 것을 알게 되었다. 나는 두려움을 정면에서 바라보게 하고, 두려움을 극복할 수 있도록 도와줄 단어가 필요했다. 그러면서 찾은 단어가 '담대함'이다.

담대함을 사전에서 살펴보면 '겁이 없고 배짱이 두

둑하다'라고 적혀 있다. '겁이 없고 배짱이 두둑하다' 라는 표현은 조금 부담스럽다. 나는 담대함을 '애써 걱정을 만들어 내지 않는, 무의식적으로 부정적인 상황을 머릿속에 떠올리지 않는 힘' 정도로 이해하고 있다. 나는 두려움을 없애는 방법을 찾아다니지 않는다. 두려움이 생겨나는 순간, 나의 수준을 확인하고 한 단계 끌어올리기 위해 어떤 힘이 필요한지 점검의 기회로 삼을 뿐이다. 두려움이 내게 말을 걸어올 때마다 나는 담대한 질문을 던진다.

'지금 내가 할 수 있는 것은 무엇이며, 할 수 없는 것은 무엇일까?'
'두려움을 극복하는 과정에서 나는 무엇을 얻게 될까?'
'만약 외면한다면 나는 무엇을 잃게 될까?'

마리 퀴리 부인은 "세상에 두려워할 것은 없다. 이해해야 할 것만 있을 뿐이다. 지금이야말로 더 많은 것을 이해해야 한다. 그렇게 두려움을 없애야 한다"
라는 말을 남겼다. 상황을 바꿀 수는 없지만, 태도는
바꿀 수 있다고 생각한다. 두려움은 없애는 것이 아
니라 극복하는 것이라고 했다. 담대함이라는 단어가
조금이라도 두려움을 극복하는 데 도움이 될 수 있
기를 희망해 본다.

"두려움에 사로잡히면 있는 힘도 못 쓰는 법
　담대하라, 담대하라."
－ 박노해, 「걷는 독서」 중에서

닫는 글

생각을 품은 동사, 행동을 서술한 동사

심사숙고하면서 동사를 선정했다. 살아남은 것을 하나씩 옮겨 오는 동안 자꾸 고개가 돌아갔다. 두고 온 것들이 계속 눈앞에 어른거렸다. 아름다운 순간으로 다시 만나는 날이 있겠지, 아쉬움을 뒤로하고 발걸음을 돌렸다.

시간의 흐름에 따라, 삶의 방식에 따라 '내가 좋아하는 동사'도 생로병사를 경험했다. 영원히 함께 갈 줄 알았던 것이 소리소문없이 사라지기도 했고, 낯설게 느껴지던 동사가 오래된 친구처럼 곁을 지키고 서 있기도 하다. 그런 까닭에 앞으로 어떤 동사와 어떤 시간을 보낼지 알 수 없는 일이다. 하지만 분명한 한 가지는 내 삶은 동사적일 거라는 사실이다. 죽음으로 가는 길에 부사가 존재한다고 말한 스티븐 킹에게는 미안하지만, 부사를 하나 덧붙여야 할 것 같다.

"내 삶은 동사적일 것이다. 조건 없이."

수강생으로부터 질문을 받은 후, 한참 고민에 빠져 있을 즈음이었다. 머리도 식힐 겸, 곁에 있던 「미드나잇 라이브러리」를 읽고 있었다. 우울증을 앓고 있던 노라는 회사에서 해고당한 데다가 아끼던 고양이마저 죽으면서 깊은 절망감에 빠진다. 단 하나뿐인 친구에게서는 연락도 없고, 급기야 자신에게 피아노를 배우던 아이는 피아노를 그만두겠다는 소식을 전해 온다. 자신의 인생은 실패했다고 확신한 노라, 그녀는 자살을 결심한다. 하지만 그녀는 다시 눈을 뜨게 되는데, 그녀가 도착한 곳이 현실 세계가 아닌 삶과 죽음의 경계 '미드나잇 라이브러리(자정의 도서관)'였다.

자정의 도서관은 그녀를 기다리고 있었다. 후회로 남아

있는 선택을 되돌릴 수 있는, 한 번이라도 살아 보고 싶었던 삶이 있다면 그 삶을 살아 볼 기회를 주기 위해서. 노라는 깊은 절망감을 느끼지 않을, 자살 따위는 생각하지 않을, 자신의 인생이 실패라고 여겨지지 않을 다양한 삶을 살아 보는 경험을 하게 된다. 그리고 깨닫게 된다. 세상에 완벽한 삶은 없다는 것을, 무엇을 보느냐보다 어떻게 보느냐가 더 중요하다는 것을, 살아 봐야만 배울 수 있다는 것을, 화산이 폭발한 곳에 삶과 죽음이 공존한다는 것을. 그녀는 무너지는 자정의 도서관을 피해 가까스로 현실로 되돌아온다. 자살을 시도했던 딱 그 순간으로 말이다. 그리고 외친다.

"살려 주세요!"

운이 좋았다고 생각한다. 마감 날짜에 다다라서야 제목을 확정한 날이 많았다. 디자인 막바지에 제목이 바뀌기도 했다. 하지만 이번에는 「미드나잇 라이브러리」를 덮는 날 제목이 확정되었고, 그 이후 단 한 번도 모습을 바꾸지 않았다. 온기가 느껴지면서 더불어 역동적인 표현을 찾고 싶다는 생각이 간절했는데, 고맙게도 노라가 힌트를 주었다.

"행복해지기 위해서 포도밭을 소유하거나 캘리포니아 석양을 봐야 할 필요는 없다. 심지어 넓은 집과 완벽한 가정도 필요치 않다. 그저 잠재력만 있으면 된다. 그리고 노라는 잠재력 덩어리였다. 왜 전에는 이걸 몰랐는지 노라는 의아했다."

나는 잠재력을 현실적인 단어로 바꾸고 싶었다. 유한한 삶을 인정하는 동시에 무한한 가능성을 설명하는데 '동사'만 한 것이 없었다. 생각을 품은 동사, 행동을 서술한 동사라면 잠재력을 설명하기에 부족함이 없어 보였다. 거기에 그날, 미처 제대로 답변하지 못한 질문에 이보다 적절한 대답이 있을까 싶었다.

책에서 노라는 말한다. "진짜 문제는 살지 못해서 아쉬워하는 삶이 아니다. 후회 그 자체이다"라고. 동사는 길을 만드는 재주가 있다. 동사는 어디든 자유자재로 갈 수 있다. 과거든, 현재든, 미래든 원하는 지점으로 몸을 옮길 수 있다. 명령조로 말을 건네기도 하고, 어떤 순간에는 감탄사를 보내기도 한다. 그 덕분에 멈출 수 있고, 나아갈 수도 있다. 그 힘을 믿어 볼 생각이다.

마음이든, 생각이든, 행동이든 내가 주어이기를 포기하지 않는 한 동사는 내가 걷고 뛰고 달리고 나아가도록 도와줄 거라고 확신한다.

오늘은 걸음으로 기억하겠지만
내일은 길로 기억될 것입니다.

김수영, 「오늘 또 한 걸음」 중에서

내가 좋아하는 동사들

일상은 진지하게, 인생은 담대하게

초판 1쇄 I 2022년 5월 2일
지 은 이 I 윤슬

발 행 인 I 김수영
발 행 처 I 담다
편집 · 디자인 I 부카
출판등록 I 제25100-2018-2호
주   소 I 대구광역시 달서구 조암로 38 2층
메   일 I damdanuri@naver.com

ⓒ 윤슬, 2022
ISBN 979-11-89784-21-8 (03810)